中国古代神话
ZHONGGUO GUDAI
SHENHUA

三个新朋友带着我们一起去探寻
阅读的世界……

晓月

星座: 天秤座

人物介绍: 活泼可爱,古灵精怪。喜欢阅读和画画,爱美的小女生。

晓新

星座: 天秤座

人物介绍: 自信聪明,阳光帅气。喜欢阅读和乐高。

黑小喵

人物介绍: 晓月、晓新的宠物猫,能够在他们遇到困难的时候帮助他们,并时刻跟随他们。

盘古开天辟地后，累得倒下了。他的身体各部位都分别变成了什么？

夸父为什么要追赶太阳？

精卫的身上有一种精神，你觉得是什么？

！附赠导读小册子，快去找看吧！

中国古代神话

ZHONGGUO GUDAI
SHENHUA

中国古代神话

ZHONGGUO GUDAI
SHENHUA

靳瑞刚 —— 编

伍剑 —— 评注

长江出版传媒 ｜ 崇文书局

目 录 | CONTENTS

中国古代神话

ZHONGGUO GUDAI
SHENHUA

开 始 我 们 的 旅 程

中国古代神话

ZHONGGUO GUDAI SHENHUA

盘古开天辟地

传说古时盘古生在黑暗中，他不能忍受黑暗，用板斧劈向四方，逐渐使天空高远，大地辽阔。他为不使天地重新合拢，继续施展法术。天每天升高一丈，地每天增厚一丈，盘古的身子也每天长高一丈，渐渐地盘古变成一位顶天立地的巨人，而天空也升得高不可及，大地也变得厚实无比。

　　很多很多年以前，天和地还没有分开的时候，宇宙的景象，只是一片黑暗混沌[1]，好像一个大鸡蛋。

　　人类的老祖宗盘古，这个奇大无比的巨人，就孕育在这黑暗混沌的大鸡蛋之中。他在大鸡蛋中孕育着，成长着，呼呼地睡着觉，一直经过了一万八千年。

　　有一天，他忽然醒了过来。睁开眼睛一看，啊呀，什么也看不见，看见的只是漆黑模糊的一片，闷得人怪心慌。他觉得这种状况非常可恼。心里一生气，不知道从哪里抓过来一把大板斧，朝着眼前的黑暗混沌，用力这么一挥，只听得"哗啦"一声，山崩地裂般，大鸡蛋忽然破裂开来。其中有些轻而清的东西，冉冉上升，变成了天；另外有些重而浊的东西，沉沉下降，变成了地。——当初混沌不分的天地，就这样给盘古用板斧一挥，划分开来了。

---

　　① 混沌（hùndùn）：我国传说中指宇宙形成以前模糊一团的景象。

天和地分开以后，盘古怕它们还要合拢（lǒng），就头顶天，脚踏地，站在天地的当中，随着它们的变化而变化。天每天升高一丈，地每天加厚一丈，盘古的身子也每天增长一丈。这样又过了一万八千年，天升得极高了，地变得极厚了，盘古的身子也长得极长了。

盘古的身子究竟有多长呢？有人推算，说是有九万里那么长。这巍峨的巨人，像一根长柱子似的，直挺挺地撑在天和地之间，不让它们有重归于黑暗混沌的机会。

盘古孤独地站在那里，做着这种辛苦的工作，又不知道经过了多少年。到后来，天和地的构造似乎已经相当稳固了，他不必再担心它们会合在一起了，他实在也需要休息休息了，终于，他也和我们人类一样，倒下来死去了。

盘古临死的时候，周身突然发生了很大的变化：他口里呼出的气变成了风和云，他的声音变成了轰隆的雷霆（tíng），他的左眼变成了太阳，右眼变成了月亮，他的手足和躯干变成了大地的四极和五方的名山，他的血液变成了江河，他的筋脉变成了道路，他的肌肉变成了田土，他的头发和胡须变成了天上的星星，他的皮肤和汗毛变成了花草树木，他的牙齿、骨头、骨髓等，也都变成了闪光的金属、坚硬的石头、圆亮的珍珠和温润的玉石，就是那最没用处的身上出的汗，也变成了雨露和甘霖。盘古用他整个的身体来使这新诞生的世界变得丰富而美丽。

中国古代神话
ZHONGGUO GUDAI SHENHUA

孟姜女的传说

孟姜女的丈夫范喜良，被秦始皇征召修筑长城劳累而死，埋于长城之下。孟姜女寻夫，感动天地，哭塌长城，露出丈夫尸骨。至今在卫辉池山乡歪脑村一带还流传其故事，山上能见到孟姜女哭塌长城的泪滴石。新乡市区有孟姜女河、孟姜女路、孟姜女桥等古迹。

在八达岭有这么两户人家，挨帮靠底地住在一块儿，墙东是孟家，墙西是姜家，多少年了，处得跟一家人一样。

这年墙东孟家种了棵瓜秧，顺着墙头爬过去，结了一个瓜，在墙西姜家那边儿结着呢。瓜长得奇了，溜光水滑，谁看见谁夸。一来二去地，这瓜就长成了挺大的个儿。赶到秋后摘瓜了，一瓜跨两院，怎么办呢？得分哪，就拿刀把这瓜切开了。

瓜一切开，嗬，金光闪亮，里边没有瓤，也没有籽儿，坐着一个小姑娘，粗眉大眼儿，又白又胖。孟家和姜家都没有后代，一看可喜欢了，两家一商量，雇了一个奶妈，就把小姑娘收养起来了。

一年小，两年大，三年长得盛不下，一晃儿，这小姑娘十多岁了。两家都有钱，就请了个先生教书。念书得起个名啊，说："叫什么呢？"两家一商量："这是咱们两家的后代，就叫孟姜女吧。"打这儿就叫了孟姜女。

这时候，秦始皇就修边了，在这八达岭造长城，到处抓人做工。那年头谁要被抓去了就不放人，要等长城修齐了才能让人回来呢。那时候都是白天，没黑夜，一天十二个太阳，一个撵一个，三天三顿饭，人饿死的、累死的不知多少。

范喜良是个念书的公子，他听说秦始皇抓人修边，心里害怕，吓得就跑出来了，光杆一个人儿，人地两生，跑到哪儿去呢？他抬头一看，前不着村儿，后不着店儿，又不敢远走，就犯了愁了。可愁也得走哇。他又跑了一阵子，看见一个村子，村里有个花园，就进去了。

这花园是谁家的呢？是孟家的。这时候，正赶上孟姜女跟丫鬟逛花园。孟姜女一看，葡萄架底下藏着一个人，可吓坏了。"啊呀——"喊了一声。

"怎么回事？"

孟姜女说："不好了，有人，有人。"

丫鬟一看，可不就是有人，就要喊，范喜良赶忙爬出来说："别喊，别喊，救我一命，我是逃难的。"

孟姜女一看，范喜良是个青年书生，长得挺好，就跟丫鬟回去找员外去了。到员外跟前一说，老员外心地善良，说："把他请进来吧。"范喜良进来了。员外说：

"你姓什么？叫什么？"

"姓范，叫范喜良。"

"你是哪儿的人哪？"

"是这村北的人。"

"因为什么逃出来的？"

"因为皇帝修边，抓人，没办法，跑到这儿来了。"

员外一看，小伙儿挺老实，说："好吧，你在这儿住下吧。"就把他留下了。

范喜良一住就好些天了。孟员外想，姑娘不小了，该找个夫君啦，就跟老伴商量。员外说："我看范喜良不错，不如把他招门纳婿得了。"

老伴一听，说："那敢情好了。"老伴也挺乐意，说："跟姜家商量商量。"跟姜家一商量，姜家也挺乐意。范喜良呢？更不用说。这门亲事就定下了。

说办就办，择了个吉利日子成亲，摆上酒席，请来各地的亲友宾朋，大吃大喝，闹了一天。

孟家有个仆人，也不知叫什么。这人看孟员外没儿子，早就惦记在心上了。他想，将来孟家招门纳婿一定是他的事。可是范喜良来了，他这算盘不就白打了吗？他气得脸色煞白，一转眼珠，主意就来了。他偷着跑到县官那里送信去了。他跟县官说："孟员外家，窝藏民工，叫范喜良。"

县官一听窝藏民工，说："抓去！"

带上衙役兵就去了。

这时候天快黑了，客人也散了，孟姜女和范喜良正准备入洞房呢，就听鸡叫狗咬。不一会儿，进来一伙衙役兵，不容分说，三拉两扯，就把范喜良抓走了。

孟姜女一看，丈夫被抓走了，大哭小嚎，闹了一阵，也没办法。跟她爹娘哭一阵，可也不行啊，就发起愁来。过了几天，孟姜女跟她爹娘说："我要去找范喜良。"

她爹娘一想，去吧，就拿出银子，叫仆人跟着，一块儿送她一程。

这个仆人走到半路上，就开始说浑话了，想调戏孟姜女。他说："范喜良一去是准死无活，你看我怎么样？跟着我过吧！"

孟姜女就知道他要使坏，说："好吧，可是，咱们俩成亲，也得找个媒人哪！"

仆人一想，这可上哪儿找媒人去？孟姜女说："这样吧，你看那山沟里有朵花，你把它拔来，咱们俩以花为媒吧。"

这个仆人心想，孟姜女真是一片诚心哪，就去拔。走到沟边一看，犯了愁了。那山沟在陡石崖下边，那么深，怎么下去呀？

孟姜女说："你要是男子汉，有胆量，这好办，把行李绳子解下来，我拉着，你往下爬，不就行了吗？"

这仆人就解下了绳子，孟姜女拉着一头，这人拉着另一头胆战心惊地爬下去。他抓住绳子，手刚刚离地，孟姜女就一掀腿，一撒手，"咕咚！"把这人给摔到石崖下面去了。

剩下一个人了，孟姜女收拾收拾，奔修边的工地来了。到这儿寻了好几天也没寻着。后来碰上一帮民工一问："你们这儿有个范喜良吗？"大伙说："有这么个人，新来的。"孟姜女又问："他在哪儿呢？"一个人说："这几天没看着他，说不定死了。"孟姜女一听可吓了一跳，赶忙问："尸首在哪儿？"那人说："咳，谁管尸首啊？早都填了城脚了！"

孟姜女一阵心酸，大哭起来。哭得天昏地暗。正哭着，只听"哗啦"一声，一段长城倒了，露出来范喜良的尸首。孟姜女抱着尸首，哭得死去活来。正哭着，来了一帮衙役兵，不容分说，上去就把她绑起来，送给县官。县官一看孟姜女长得好看，就送给秦始皇了。

秦始皇赏了县官金银财宝，给他升了官，就霸了孟姜女。可是孟姜女怎么能服从呢？死也不从。没办法，秦始皇找几个老婆子去劝，劝也不从。再劝，还是不从。

总这样下去也不行。孟姜女想了一个主意，说："我愿意从了。"看护人一听，就报给秦始皇。秦始皇很高兴，立刻来见孟姜女。

孟姜女说："从可是从，你得答应我三件大事。"

秦始皇一想，只要你从，别说三件，三十件也依你。

孟姜女说："头一件，请高僧道士，高搭彩棚，给我丈夫念七七四十九天经，超度他的亡魂。"

秦始皇为了得到孟姜女，寻思寻思，说："行，应你这一件。"

孟姜女说："第二件，你要穿上孝服，在我丈夫灵头跪下，叫三声爹。"

秦始皇这回可犹豫了，我是人王地主，怎么能干这个，说："这件不行，说第三件。"

孟姜女说："不行，就没有第三件！"

秦始皇没了主意，再劝吧，不行，想了半天，还是没办法。他看看孟姜女，越看越美，真是魂都要出窍了，只好说："行，我答应第二件，说第三件吧。"

孟姜女说："第三件，你要跟我游三天海，三天以后，才能成亲。"

秦始皇想，这一件很容易，说："成了，三件都依你。"

秦始皇就吩咐请高僧道士，大搭彩棚，准备孝服。都准备齐了，秦始皇披麻戴孝，真当了孝子。

等到发丧完了，该游海了。

孟姜女跟秦始皇说："咱们游海去吧，游完好成亲。"秦始皇可真乐坏了，叫人抬上两顶花彩轿，跟孟姜女就来到了海边。孟姜女下了轿，走了几步，推开秦始皇，"扑通"一声投了海了。

秦始皇一看，可急了："来人！来人！"话没开口，人早沉底了。秦始皇没办法，就拿起赶山鞭，往海里赶石头，想把孟姜女砸死在海底。

可是他这一赶不要紧，海龙王受不了啦，要是石头都跑到海里，那龙宫不就完了吗？他犯了愁了。

龙王有个公主，非常聪明，她跟老龙王说："不要紧，我有办法去偷他的赶山鞭。"

"你怎么偷呢？"

"我变成孟姜女，出去跟他成亲就偷来了。"

龙王一听，这办法不错，说："去吧。"龙王公主就变成孟姜女出了海了。

一出海，秦始皇还在那儿赶呢！龙王公主说："你看你，我说游海三天，现在还不到两天，你就填起海来了，幸亏没砸着我。"

秦始皇一看，孟姜女回来了，乐了，收起赶山鞭说："我寻思你不回来了呢。"说完就带着龙王公主回去了。

龙王公主跟他配了一百天夫妻后，把赶山鞭给盗走了。

从此以后，秦始皇再也没有办法了。

女娲创造人类

女娲是中国上古神话中的创世女神。传说女娲用泥土仿照自己创造了人，创造了人类社会。又替人类建立了婚姻制度，使青年男女相互婚配，繁衍后代，因此被传为婚姻女神。女娲是中华民族伟大的母亲，她慈祥地创造了我们，又勇敢地照顾我们免受天灾，是民间广泛而又长久崇拜的创世神和始祖神。

天地开辟以后，天上有了太阳、月亮和星星，地上有了山川草木，甚而有了鸟兽虫鱼，可是单单没有人类。这世间，无论怎样说吧，总不免显得有些荒凉寂寞。

不知道在什么时候，出现了一个神通广大的女神，叫作"女娲"，据说她一天当中能够变化七十次。

有一天，大神女娲行走在这片莽莽榛榛①的原野上，看看周围的景象，感到非常孤独。她觉得在这天地之间，应该添一点什么东西进去，让它生气蓬勃起来才好。

添一点什么东西进去呢？

走呀走，她走得有些疲倦了，在一个池子旁边蹲下来。澄澈的池水照见了她的面容和身影：她笑，池水里的影子也向着她笑；她假装生气，池水里

---

① 莽莽榛榛（mǎngmǎngzhēnzhēn）：形容草木丛杂茂盛。

的影子也向着她假装生气。

她忽然灵机一动，世间各种各样的生物都有了，独独没有像自己一样的生物，那为什么不创造一种像自己的生物来加入世间呢？

想着，她就顺手从池边抓起一团黄泥，掺和了水，在手里揉着，揉着，揉成了第一个娃娃样的小家伙。

她把这个小东西放到地面上。说也奇怪，这个泥捏的小家伙，刚一接触地面，马上就活了起来，并且一开口就喊：

"妈妈！"

接着就是一阵兴高采烈的跳跃和欢呼，表示他获得生命的欢乐。

大神女娲看着她亲手创造的这个聪明美丽的生物，又听见"妈妈"的喊声，不由得满心欢喜，眉开眼笑了。

她给这个心爱的小家伙取了一个名字，叫作"人"。

人的身体虽然小，但据说因为是神创造的，相貌和举动也有些像神，和飞的鸟、爬的兽都不相同，看起来似乎有一种管理宇宙的非凡的气概。

女娲对于她这优美的作品，感到很满意。于是，她又继续动手做她的工作，她用黄泥做了许多能说会走的可爱的小人儿。这些小人儿在她的周围跳跃欢呼，嘴里喊着："妈妈！妈妈！"使她精神上有说不出的高兴和安慰。从此，她再也不会感觉到孤独和寂寞了。

她工作着，工作着，一直工作到晚霞布满了天空，星星和月亮射出了幽光。夜深了，她只把头枕在山崖上，略睡一睡。第二天，天刚微明，她又赶紧起来继续做她的工作。

她一心想让这些灵敏的小生物布满大地。但是，大地毕竟太大了，她工作了许久，还没有达到她的志愿，而她本人已经疲倦不堪了。

最后，她想出了一个绝妙的创造人类的方法。她从崖壁上拉下一根枯藤，伸入一个泥潭里，搅和了浑黄的泥浆，向地面上这么一挥洒，泥点溅落的地方，就出现了许多小小的叫着跳着的人儿，和先前用黄泥捏成的小人儿一般无二。"妈妈，妈妈"的喊声，在周围震响。

用这种方法来进行工作，果然简单省事。藤条一挥，就有好些活的人类出现，大地上不久就布满了人类的踪迹。

大地上虽然有了人类，女娲的工作却还没有终止。她又考虑着：人类是要死亡的，死亡了一批再创造一批吗？未免太麻烦了。怎样才能使他们继续生存下去呢？这可是一个难题。

后来她终于想出了一个办法，就是把那些小人儿分为男女，让男人和女人配合起来，叫他们自己去创造后代，担负起养育婴儿的责任。这样，人类的种子就世世代代绵延下来，并且一天比一天多了。

中国古代神话
ZHONGGUO GUDAI SHENHUA

八仙过海

　　所谓八仙，就是指由道教的八位神仙组成的一个神仙群体，他们是铁拐李、汉钟离、张果老、何仙姑、蓝采和、吕洞宾、韩湘子、曹国舅。而关于他们最有名的故事就是"八仙过海"。

　　有一天，终南山上的八位仙人腾云驾雾来到了东海上的蓬莱仙岛。他们在蓬莱仙岛上东走走，西转转，玩得很快活。

　　有一天，众仙人站在丹崖顶上看海景，吕洞宾说："哎呀，你们看前边那一片黑乎乎的是什么？"

　　汉钟离说："那不是一些海岛吗？咱们到海岛上去看看好不好？"

　　神仙们都乐意去看看，可是在海边找不到船，怎么办呢？吕洞宾说："咱们显显各自的本事吧。"

　　于是，铁拐李顺着山崖扔下铁拐，铁拐一落到海上，就镇住了一层恶浪。铁拐李跳下山崖，说："我先走了。"众仙人一看，铁拐变成了一只独木舟，铁拐李坐在舟上眉开眼笑。

　　汉钟离着急了，他拍拍肚皮说："看我的！"说着，抽出扇子，吹口仙气，说声"变"，扇子一下子变到一丈多长。汉钟离坐在扇子上，嘻嘻哈哈地追铁拐李去了。

紧接着，张果老投下纸驴，何仙姑扔下荷花，吕洞宾甩出宝剑，韩湘子放下紫金箫，蓝采和拿出拍板，曹国舅擎起玉板。

八仙来到海面，嬉闹一阵，就开始各显神通向海岛奔去。

仙人们正走着，蓝采和突然落后了。他说："你们先走，我试试我这块拍板神通到底有多大。"

这时候，东海龙王正在宫里议事，只见水面上掠过一道白光，把水晶宫照得透亮。他觉得奇怪，忙派三太子到海面上看看是怎么回事。三太子带了一群龙兵在海上转了一圈，只见蓝采和脚下踩着一块拍板，浮海而过。

三太子让龙兵把拍板同蓝采和一起劫进了龙宫。三太子把蓝采和关押好，自己拿着拍板高高兴兴地去见龙王了。

再说众仙登岸后，不见了蓝采和，他们就在岸边等。等了一阵，等得不耐烦了，可怎么也看不见蓝采和的踪影。还是铁拐李脑子快，他一想，说："不好，一定是东海龙王把他扣住了，咱们还是到龙宫里去找找吧。"

张果老拦住他说："说的倒是，不过你喝了酒，可别酒后闹事。我看，你还是别去的好。"

吕洞宾急了，先跑到海边去找蓝采和，找了半天也没找到，他就站在岸边喊道："东海龙王你听着！你把人还给我，万事俱休；要是不还，我就放火把海水烧干！"

三太子听见了吕洞宾的喊叫声，根本不把他放在眼里。他指着吕洞宾的鼻子骂道："你休要口出狂言，快给我滚回去，要不连你一块儿抓进龙宫。"

吕洞宾大怒，拔出宝剑就向三太子刺去。三太子打不过他，钻进海里逃跑了。吕洞宾随后把火葫芦投进海里，吹了一口仙气。这下可好，海水被烧得直冒热气，像开了锅似的。

中国古代神话

ZHONGGUO GUDAI SHENHUA

龙王在龙宫里热得躲也没地方躲，藏又没地方藏，赶紧吩咐龙兵放人。吕洞宾见蓝采和回来了，这才收了火葫芦，陪他一块儿去找众仙人去了。

　　众仙见蓝采和回来了，都十分高兴。蓝采和却说："我回来有什么用，宝器拍板还在他们手里。我自从登上仙境，逍遥自在，想不到今日受这等屈辱。众位仙友可要为我报仇，出这口气呀！"说着，蓝采和号啕大哭起来。

　　众仙听了，很是气愤，都说龙王欺人太甚，大家纷纷想着讨回拍板的办法。

　　于是，何仙姑和吕洞宾先来到海上，他们大声呼唤了半天，惊动了巡海夜叉。夜叉就向三太子报了信。

　　吕洞宾见三太子带领龙兵杀气腾腾地来了，抽出宝剑就上前迎战。三太子根本不是吕洞宾的对手，只打了几个回合，便败下阵来，龙兵也跟着四散逃命。三太子刚要逃回龙宫，何仙姑早把荷花扔到空中，一下子扣住了他。

　　龙王听说三太子大败，大吃一惊，忙令二太子出战。结果，二太子也以失败告终，手臂还被砍掉了一只，他忙大叫一声，扎进海里，龙兵也纷纷逃回了龙宫。

　　龙王见二太子断臂逃回来，龙兵又死伤大半，便派兵去南海告急，又亲自率领海内十万龙兵，征战八仙，为两个太子报仇。

　　汉钟离一看龙王来者不善，率先冲了出来。二人战了五十多个回合，杀得天昏地暗，日月无光，还是不分胜负。龙兵见状，都围上来助战。张果老一看汉钟离要吃亏，就摇起了令旗。八仙四处出战，喊杀声从四面八方传来。龙王渐渐招架不住，落荒而逃。

　　铁拐李、吕洞宾放出葫芦里的大火，不大一会儿就把海水烧干了。东海里虾哭蟹嚎，烟雾腾腾，龙王只好带领妻儿往南海逃去，八仙这才收手。

　　南海龙王看到东海龙王狼狈的模样，吓了一跳，急忙把东海龙王接到殿上。听完东海龙王的哭诉，南海龙王坐不住了，说："就算太子夺了八仙的拍板，他们也不至于杀人害命啊！八仙真是欺人太甚！大哥，你别愁，待小弟为你报仇，夺回龙宫。"

南海龙王当场写了几封急信，告知西海龙王和北海龙王：明日五更，听到连珠炮响，就一齐放水助战，水淹八仙。

八仙夺了东海龙宫以后，非常开心，他们四处游览，看到奇珍异宝遍地都是。他们转到后宫，看到拍板好端端地放在那里，蓝采和忙收起拍板，高兴得不得了。

说话间，天已经黑了，众仙决定，今晚在龙宫住一宿，明天再过海也不迟。

四更天时，张果老醒来，听见外边传来一阵"哗哗"的响声，他就赶快叫醒众仙。铁拐李听力好，他仔细听了听外边的动静，说："这地方地势低洼，龙王要是用水灌，我们可就全被熬成'鱼汤'了。"

汉钟离听铁拐李说得有道理，就叫吕洞宾出去看看是怎么回事。吕洞宾刚出去，就听见一阵连珠炮响。喊杀声传来，四面八方的海水像山一样盖过来。没过多久，大水就淹了东海龙宫，八仙都泡在水里了。

曹国舅从身上抽出避水腰带，水就自动让出一条路来。众仙一看，急忙挤在曹国舅身旁，惊慌失措地向岸上逃去。

四海龙王水淹东海龙宫后，坐在水面上等了半天，一点儿动静也没有发现，以为八仙全都淹死了，便命令收兵。

八仙逃回岸上后，憋了一肚子气。吕洞宾跳起来说："他龙王能用水淹我们，我们就推倒泰山填东海！即使压不死龙王，他也无法再用水淹我们了，我们不就取胜了吗？"

众仙一听，都认为这是个高明的办法。于是，八仙一齐上了泰山。只听"轰隆"一声巨响，泰山被推进了东海。不久，烟雾散开，一大片海变成了平地。

那个时候，四海龙王正在饮酒作乐，突然周围沙石乱飞，并伴着一阵天崩地裂的响声。南海龙王大叫："坏了，八仙又来攻打我们了！"话音刚落，他就看见一座大山倒在海里。四海龙王的兵马全部被压死了，只有四海龙王和十几个亲信逃了出来。东海龙王回头一看，气愤不已。大海已被填为平地，四海龙王只好逃向南海。

　　自此以后，"八仙过海，各显神通"这句话就流传下来了。

精卫填海

精卫原来是炎帝宠爱的女儿，叫女娃。有一天她去东海玩，突然风暴袭来，被淹死了。女娃变成了鸟，名字就叫作"精卫"。精卫鸟去西山衔来石子儿和树枝，一次又一次投到大海里，想要把东海填平。晋代诗人陶渊明写道："精卫衔微木，将以填沧海。"后来人们常用"精卫填海"这个成语，比喻不畏艰难，努力奋斗。

太阳神炎帝有一个小女儿，名叫女娃，是他最钟爱的女儿。

有一天，女娃驾着小船，到东海去游玩，不幸海上起了风暴，像山一样的海浪把小船打翻了，女娃就淹死在海里，永远回不来了。

炎帝固然思念他的女儿，但却不能用他的光和热来使她死而复生，只好独自悲伤罢了。

女娃不甘心她的死，她的魂灵便化作了一只小鸟，名叫"精卫"。精卫长着花脑袋、白嘴壳、红脚爪，大小有点像乌鸦，住在北方的发鸠山上。

她恨无情的大海夺去了她年轻的生命，因此她常常飞到西山去衔一粒小石子或是一段小树枝，展翅高飞，一直飞到东海。她在波涛汹涌的海面上飞翔着，把石子或树枝投下去，想要把大海填平。

大海奔腾着，咆哮着，露出雪亮亮的牙齿，凶恶地嘲笑着："小鸟儿，算了吧，你这工作就算干上一百万年，也休想把大海填平呢。"

精卫在高空答复大海："哪怕是干上一千万年，一万万年，干到宇宙的终尽，世界的末日，我也要把你填平！"

"你为什么衔恨[1]我这样深呢？"

"因为你呀——你夺去了我年轻的生命，将来还会有许多年轻无辜的生命，要被你无情地夺去。"

"傻鸟儿，那么你就干吧——干吧！"大海哈哈地大笑了。

精卫在高空悲啸着："我要干的！我要干的！我要永无休止地干下去的！你这叫人悲恨的大海啊，总有一天我会把你填成平地！"

她飞翔着，叫啸着，离开大海，又飞回西山去，把西山上的石子和树枝衔来投进大海。她就这样往复飞翔，从不休息，直到今天她还在做着这种工作。

———————————

① 衔恨：怀恨在心。

夸父追日

夸父是古代神话传说中的巨人，他不喜黑暗，于是去追赶太阳。当他到达太阳将要落入的禺谷之际，觉得口干舌燥，便去喝黄河和渭河的水，河水被他喝干后，口渴仍没有止住。他想去喝北方大泽的水，还没有走到，就渴死了。夸父临死前，抛掉手里的杖，这杖顿时变成了一片鲜果累累的桃林，为后来追求光明的人解渴。

远古时候，有个夸父族的巨人，看见太阳每天从东方出来，又向西方隐没下去，然后迎来了黑暗无边的长夜，直到第二天的早晨，太阳才再从东方出来。巨人夸父心里想："每天晚上，太阳躲到哪里去了呢？我不喜欢黑暗，我喜欢光明！我要去追赶太阳，把它抓住，叫它固定在天空中，让大地不分昼夜都是光辉灿烂的。"

在原野上，他果然就提起长腿，迈开大步，如风地奔跑，向着西斜的太阳追去，瞬息间就跑了一两千里。

他这一追，一直把太阳追到禺谷。禺谷，就是虞渊，也就是太阳落下的地方。

还不等太阳落下去，长腿善跑的巨人夸父早已经追到了。一团红亮的火球就在夸父的面前，使他周身完全处在光明的围绕之中，他欢喜地举起两只巨大的手臂来，想把当前的这团红亮的火球捉住。

中国古代神话
ZHONGGUO GUDAI SHENHUA

就在这时，他喉咙里忽然感到一阵极其烦躁的干渴，使他简直忍受不了。这当然并不奇怪，因为他被炎热的太阳烤炙着，又奔跑了大半天，实在疲倦极了。

他只得暂时放弃了想要追捕的太阳，俯下身子来，去喝黄河、渭水里的水。经他这么咕嘟嘟地一喝，霎时间两条大河的水都给他喝干了，可是他那烦躁而难受的口渴还是没有止住。

他再向北方跑去，想去喝大泽里的水。那大泽，又叫"瀚（hàn）海"，在雁门山的北边，是鸟雀们孳生幼儿和更换羽毛的地方，纵横有千里宽广。这倒是一处好水泉，可以给寻求水源的巨人解除口渴。可惜他还没有到达目的地，就在中途渴死了。

他颓然地像一座山一样倒了下来，大地和山河都因为这巨人的倒下而发出轰然的震响。这时太阳正向虞渊落去，把最后几缕金色的光辉涂抹在夸父的脸颊上。夸父遗憾地看着西沉的太阳，"唉——"地长叹了一声，便把手里拄的杖奋力往前一抛，闭上眼睛长眠了。

到第二天早晨，当太阳又从东方升起，用它的金光来普照大地的时候，才发现昨天倒毙在原野上的夸父，已变成了一座大山，山的北边，有一片绿叶茂密、鲜果累累的桃林，那就是夸父的手杖变成的。夸父把这些滋味鲜美的果子，送给后来追寻光明的人们解渴，使他们一个个精神百倍，奋勇地前行，不达到目的，决不休止。

中国古代神话
ZHONGGUO GUDAI SHENHUA

蝴蝶泉

蝴蝶泉，泉水清澈如镜。每年的三四月份，成千上万的蝴蝶从四面八方飞来，在泉边漫天飞舞。蝶大如巴掌，小如铜钱。无数蝴蝶还勾足连须，首尾相衔，一串串地从大合欢树上垂挂至水面。五彩斑斓，蔚为奇观。关于蝴蝶泉的来历，还流传着一个动人的神话故事。

苍山是大理有名的地方，很久以来，在民间流传着许多关于它的美丽动人的故事。

苍山有十九峰，其中一个叫云弄峰。云弄峰有一潭清澈的、两三丈宽的水泉。宽宽的树丛，团团地荫护着它；茂盛的枝叶，斜斜地横盖在泉顶的上空。每年三四月间树木开花的时候，青青的柔枝上满布着淡黄色的小花。这泉有一个奇怪而美丽的名字，人们叫它"蝴蝶泉"。关于蝴蝶泉这个名字的来源，有着这么一个故事：

这个泉本来并不叫蝴蝶泉。早先，因为它异常清澈，泉水经年不断，从来也没有人知道它有多深，而且也看不见它的底，所以附近的人都叫它"无底潭"。

无底潭边住着张姓的农家，家中只有父女两人相依为命。张老头终日在田里勤劳地耕作，他的汗珠不断流着，几十年来一直落在那仅有的三亩田里。

他的女儿雯姑，有十八九岁。她的容貌，即使是花儿见到了也要自愧不如。她的眼睛像星星一样明媚晶莹；她那墨黑的头发，像垂柳一样又细又长；她的双颊像苹果似的鲜红。她非常善良，她的心就像泉水一样纯洁。她白天帮助父亲种田，晚上纺纱织布。她那两只灵巧的手织出来的布，任何一个姑娘都比不上。她勤劳和美丽的名声，远远地传播到了四方。少女们把她的行为看作自己的榜样，小伙子们连做梦也想得到她的爱情。

云弄峰上住有一个名叫霞郎的青年樵夫。他无父无母，一个人过着孤苦的生活。他的勤劳任何人也赶不上，他的聪明灵巧甚至赛过古时候的鲁班大师。他的歌喉美妙无比，歌声像百灵鸟一样婉转，像夜莺一般悠扬。每当他唱起歌来的时候，山上的百鸟都会沉静下来，连松树也不再沙沙作响，好似世上的一切，都在默默地倾听着他那美妙动人的歌声一样。

每隔六天，霞郎就要背柴到城里去卖，来往都要经过无底潭边。霞郎也和别的青年一样，深深地爱慕着雯姑，每次经过她家的时候，都会情不自禁地向她偷偷地瞄上几眼。

雯姑也一样热爱着霞郎，每当他唱着歌走过潭边，她都要停止纺织，伏在窗棂上温情地注视着他，倾听他那娓娓动听的歌声。

日子一天一天地过去了，这两个青年人的心坎里产生了纯真的爱情。

有一次，在一个月明的夜晚，雯姑在潭边遇见了霞郎。在柔美的月光下，他俩倾吐了爱情。从此无底潭边就常常有了他们的身影，树荫下也常常留下他们的足印。

苍山下的俞王府里，住着凶恶残暴的俞王。他是统治苍山和洱海的霸主，是压迫剥削人民的魔王。若干年来他独霸着苍山和洱海，他的一草一木，都浸透了人民的血泪。他豢养①着许多兵士和狗腿，镇压人民，屠杀人

---

① 豢（huàn）养：一般指喂养（牲畜），比喻收买并利用。

民。人民对俞王的仇恨，比苍山还高，比洱海还深。

俞王也听到了雯姑美貌的名声，他打定了主意要抢雯姑做他的第八个妻子。

俞王带着他的狗腿们来到无底潭，打伤了年迈的张老头，把雯姑抢到了俞王府。

俞王高傲地对雯姑说道："我府里有无数的金银财宝，吃不尽的山珍海味，穿不完的绫罗绸缎，只要你答应做我的妻子，我保你一辈子享受荣华富贵。"

雯姑毫不理睬他，鄙夷地说道："我早就爱上砍柴的霞郎了，不管你有多少金银财宝，你也买不动我爱霞郎的心。"

俞王发怒了，说道："哼，我俞王爷势力比天高，沐家[1]封过我永世为王。我跺跺脚，天会动地会摇，难道我还比不上那砍柴的霞郎？假若你不听我俞王爷的话，你逃不出我的手掌。"

雯姑一点儿也不害怕，坚决地说："不管你威风比天高，不管你跺脚天动地也摇，我爱霞郎的心，就像白雪峰[2]上的雪永远不变。你想要我答应你，那是做梦。"

这样，经过了三天三夜，俞王用尽了威胁和利诱，一丝一毫也动摇不了雯姑坚贞的心。俞王恼羞成怒，叫狗腿们把雯姑吊起来，想用肉刑[3]强迫雯姑答应。

这天，霞郎怀着兴奋和期待的心情，来到无底潭边和雯姑相会，可是他见到的不是雯姑的笑脸，而是雯姑家里的一片凌乱。奄奄一息的张老头挣扎着对他说完了雯姑被抢的情形，就死去了。

---

①沐家：指明朝的沐英家。沐英是明初功臣，镇守云南。
②白雪峰：苍山十九峰之一，峰顶积雪终年不化。
③肉刑：摧残人的肉体的刑罚。

痛苦和仇恨燃烧着霞郎的心，他埋葬了张老头，抓起斧头，就朝俞王府奔去。

黑夜里，霞郎翻过俞王府的高墙，在马房里找到了被高高吊着的雯姑。他用斧头割断了绳索，扶着雯姑逃出了俞王府。雯姑和霞郎在漆黑的道路上飞奔，俞王带领着恶狗和士兵在后面紧紧追赶。他们逃上了高山，俞王追上了高山；他们逃下了深谷，俞王追下了深谷。俞王耀武扬威地在后面大喊道："任你们上天入地，休想逃得出我的手掌。"

雯姑和霞郎逃到了无底潭边，俞王爷的狗腿紧紧包围着他们，要他们跪下投降。

这时，雯姑和霞郎紧紧地拥抱着，他们用冷眼回答着俞王的叫喊，纵身跳下了无底的深潭……

无底潭边的人们听到了这一对青年人的死讯，纷纷拿起武器打进了俞王府。

第二天，人们到无底潭准备打捞雯姑和霞郎的尸首。突然，无底潭的水翻滚着，沸腾了起来，潭心里冒起了一个巨大的水泡，水泡下有一个空洞，从水洞中飞出一对五彩斑斓、鲜艳美丽的蝴蝶，互相追逐着在潭边翩翩飞舞。一会儿，从四面八方又飞来了大大小小的蝴蝶，围绕着这一对蝴蝶在潭边和树下四处飞翔。

从此以后，人们给无底潭起了一个名字——蝴蝶泉。到了每年的三四月间，各种各样、大大小小、形形色色的美丽的蝴蝶便飞来蝴蝶泉边，成群地上下飞舞。泉上和泉的四周，甚至漫山遍野，完全变成了色彩缤纷的蝴蝶世界，成为罕见的动人的美丽奇景。

寒冰上的弃儿

姜嫄踏足迹怀孕生子，生下的孩子被人抛弃在小巷，牛羊给他喂奶，又被抛弃在荒野寒冰上，鸟用翅膀遮盖着他。后来，人们还是把他抱回，取名叫"弃"，子孙尊称他为"后稷"。他教人们耕田种地，栽种五谷。尧得知，便请后稷做全国总农艺师，指导农业工作，大大推动了农业的进步。

古时候，有邰[1]这地方有个年轻的姑娘，名叫姜嫄。

有一天，她到郊野去游玩，在回家的路上，偶然发现池沼边的湿地上有一个很大很大的大人足迹，又是惊异，又是觉得好玩，便想用自己的足去踏在这大人的足迹上，比一比大小，看究竟有多大。哪知道大人的足迹太大了，她的足踏不满，刚刚踏到拇趾的地方，她仿佛精神上受了一种什么感动，回来不久，就怀了孕，到了时候便生下一个小男孩，胖壮而结实，非常可爱。

这孩子生下来就很不幸，大约因为他是一个没有爸爸的孩子，人们看他不顺眼，便强行从他母亲怀里将他夺了过来，抛弃在狭窄的小巷里，以为这么一来他准会被过路的牛羊踩死。可是说也奇怪，过路的牛羊不但没有踩死这个孩子，反而都来看顾他，给他奶吃。

---

①有邰（tái）：在今陕西武功西南。

人们见他不死，又准备把他抛弃在森林里面，可是恰巧碰见有人来砍树，没有抛弃成功。

　　最后，恼怒的人们索性把他抛弃在荒野的寒冰上，心想这么一来，不饿死也得把他冻死。可是又有天上的鸟儿们飞下来用翅膀遮盖着他，使他温暖。人们觉得奇怪，而且委实也软了心肠，便跑过去一看：鸟儿们飞走了，冻红的孩子正在寒冰上摆动着小手小脚，呱呱地啼哭。

　　人们没法可想，只得把他抱回来，还让他的母亲抚育着他。因为他曾经被抛弃过，就给他取个名字叫"弃"。这弃，据说就是后来周民族的祖先，他从小就喜欢农艺，长大后教人们栽种五谷的方法，所以他的子孙又尊称他为"后稷（jì）"。

　　后稷小时候就有远大的志向。

　　他做游戏，总是喜欢把那野生的麦子、稻子、大豆、高粱以及各种瓜果的种子采集起来，用小手儿亲自种到地里。后来五谷瓜豆成熟了，结的果实又肥又大，又甜又香，和野生的长得分外不同。

　　等到后稷长大成人，他在农业上便积累了一些经验了。他开始用木头和石块制造了几样简单的农具，教他家乡一带的人们耕田种地。靠打猎和采集野果为生的人们，当人口繁多、食物不足的时候，生活的确时常出现困难。人们看见后稷在农业上的成就，也都渐渐地信服了他，于是耕种的事儿——这件新鲜的、有意义的劳动，就在后稷母亲的家乡有邰流传开来了，以至于当时做国君的尧都知道了后稷和他家乡人民的工作成绩。

　　因此，尧就聘请后稷来做了全国的总农艺师，要他指导全国人民在农业方面的各种工作。后来舜继承尧做了国君，还把有邰这个地方封给后稷，作为农业试验场。

　　后稷有一个弟弟，叫台玺（xǐ），台玺生了一个儿子，叫叔均。他们都是农业上的能手。叔均还发明了用牛力来代替人力耕种的方法，更把农业朝前大大地推进了一步，从此人民的生活过得就更幸福了。

后稷死了以后，人民为了纪念他的功劳，就把他埋葬在一个山环水绕、风景优美的地方，这地方就是有名的都广之野，神人们上下往来的天梯建木就在它的附近。

这真是一片肥沃的原野，各种各样的谷物在这里自然生长，米粒白滑得像脂膏，还有鸾鸟唱歌、凤凰跳舞种种奇异的景象。

直到现在，山西闻喜县稷王山还出产一种五色石子，这些石子有像麦粒的，有像稻粒的，有像玉蜀黍的，有像西瓜子、南瓜子的，也有像豇豆、绿豆、刀豆的……种种形状，无不毕具。人们把这些石子叫作"五谷石"，据说，这就是后稷和他的母亲姜嫄教人民播种五谷遗留下的种子变成的。

中国古代神话
ZHONGGUO GUDAI SHENHUA

舜感化了弟弟象

舜以德行获众人喜爱，并因此成为尧帝的女婿，地位一下子显贵起来。同父异母的弟弟象和其他家人嫉妒万分，想出阴谋害他，所幸舜有彩衣保护，总能有惊无险。后来，舜通过尧帝的考验成为国君，其所为也终于感化了象。

尧帝在位的时候，妫（guī）水边上一个普通农民的家庭里，有天诞生了一个婴儿，取名叫舜。孩子生下来不久，妈妈就死了，瞎眼的爹爹瞽（gǔ）叟另外又娶了一个妻子，生了一个儿子，名叫象；又生了一个女儿，名叫系。家庭里从此常起风波，很不平静。

原来瞽叟是个脑筋糊涂、遇事不讲道理的人。正因为糊涂，便单单宠爱着后妻和后妻的儿女，而把前妻生的儿子舜看成了眼中钉。后母更是心胸狭小，泼辣凶悍。弟弟象的秉性也和后母差不多，非常粗野和骄傲，全然没有一点当弟弟的礼貌。只有小妹妹系，虽然也有些坏习性，毕竟还稍稍有点人心，并不像天生的恶徒那么坏。

可怜的舜，常受父母的毒打。遇见还吃得消的小棍子，他就含着满眶热泪，用身体去承受；遇见实在吃不消的大棍子，他就只好逃避到荒野里去，向着苍天号啕痛哭，呼唤他那死去的亲娘……

舜在家里实在住不下去了，只好一个人单独分居到外面，在妫水附近的历山脚下，盖上一两间茅草屋，开了一点点荒地，孤单而愁苦地过着日子。

舜在历山耕种，没有多久，历山的农人受了他的德行感化，都争着让起田界来；舜又到雷泽去打鱼，不久，雷泽的渔夫也都争着让起渔场来；舜又到河滨去做陶器，不久，说来也奇怪，河滨陶工做的陶器都又美观又耐用了。

尧帝渐渐老了，开始寻访天下的贤人，准备把天子的位置禅让给他。大族长们都推荐舜，说舜既贤孝又有才干，可以备选。

于是尧就把他的两个女儿——娥皇、女英嫁给舜做妻子，又叫他的九个儿子和舜在一块共同生活，看看舜是不是真正有德行和才干。同时，尧又把细葛布衣裳和琴赐给舜，又叫人替舜修了几间谷仓，还给了舜一群牛羊。

原本是普通农民的舜，这下子做了尧帝的女婿，骤然间显贵起来了。

瞽老汉一家人听见他们素来讨厌的舜平地升天，又富又贵，一个个嫉妒得咬牙切齿，万分难受。

家人当中嫉妒得最厉害的，要算是舜的弟弟象了。

原来舜的两个妻子，都很美丽，象羡慕万分。他总想设下一个什么圈套，把哥哥害死，夺过两个嫂嫂，做自己的老婆。象的母亲当然没话可说，完全同意儿子的打算。糊涂的瞽叟呢，对舜素来没有好感，又羡慕舜的财产，也同意设法干掉他，并吞掉他的家财。

几个人像地洞里的老鼠一样，唧唧哝哝在家里商量了个通宵，暗害舜的圈套就这么定了下来。

"哥哥，爹叫你明天去帮他修一修谷仓，早点来啊！"一天下午，象到舜的家，这么说。

"噢，知道了，明天一定早来。"正在屋门前堆麦垛的舜，愉快地回答着。

象去了，娥皇和女英从屋子里走出来，问舜是什么事。

"爹要我明天一早去帮他修谷仓。"舜告诉她们说。

"你可不能去呀，他们要烧死你呢。"

"怎么办呢？"舜惶惑了，"爹叫做的事，不去也是说不过去的呀！"

娥皇和女英想了一想，说："不要紧，去吧，明天你把旧衣服脱下来，我们另外给你一件新衣服，穿了去就不怕了。"

到第二天，她们从嫁妆箱里拿出一套五色斑斓、画着鸟形彩纹的衣服给舜穿上。舜穿了这身花衣服，就去给父亲修谷仓。

恶徒们看见舜穿了花衣服前来送死，心里暗暗好笑，可是表面上还装得假意殷勤。他们欢欢喜喜地接待着舜，替他扛了梯子，引导他到一座高高的、菌子形的、朽坏的谷仓上面去。

舜沿着梯子，爬上谷仓顶，老老实实地在那里干起活来。

恶徒们按照预先安排好的计划，马上抽掉他的梯子，在谷仓下面，有的堆柴火，有的点火把，要烧死他们共同嫉妒的人。

"爹爹，爹爹，你们这是在干什么呀？"站在谷仓顶上下不来的舜，看见这种凶险的景象，惶恐极了。

"孩子，"舜的后母恶毒地应声说，"让你上天堂去呀，去和你那亲娘住在一块呀，哈哈，哈哈……"

"哈哈，哈哈，哈哈……"瞎眼爹也点头摆脑地、毫无心肝地傻笑着。

象一面在下面点火，一面开心地大笑："哈哈，哈哈……这一下你可逃不了了——我看你还能飞上天去！"

谷仓的四周，熊熊的大火已经燃烧起来，舜在谷仓顶上惊恐万分，满头大汗（他已经完全忘记了他的新衣服的功用）。当他向恶徒们呼喊求助无用的时候，他只得张开两只手臂，向着头顶上的青天高呼："天呀……"

说也奇怪，就在这一张开手臂，露出新衣服上全部鸟形彩纹来的顷刻，舜在火光和烟焰当中，变成了一只大鸟，嘎嘎地鸣叫着，直朝天空飞去。

恶徒们一见这种意想不到的变化，一个个在下面惊得目瞪口呆，半晌不能动弹。

一次阴谋失败，恶徒们还不甘心，又布置下第二次阴谋。

这一回是瞎眼爹亲自出马。"儿呀，那回事情一家人真是做得万分糊涂，请你务必原谅……"瞎眼爹坐在舜的家门前，用手里的竹棍敲着阶沿石，老着脸皮这么说，"现在爹又要劳你去帮忙淘一淘井，你可一定要来，别多多的心哟！"

"爹放心，明天我一定来。"舜温和地说。

爹去了，舜把爹的来意告诉了他的两个妻子。妻子们都向他说："这一回也还是凶多吉少。但是，不要紧，你去吧。"到第二天，她们给舜一件画着龙形彩纹的衣服，叫他穿在旧衣服里面，到了危急时候，只消脱去旧衣服，自然就有奇迹发生。

舜照着妻子们的嘱咐，穿了龙纹衣服在旧衣服里面，去给瞎眼爹淘井。恶徒们一见舜穿的并不是奇装异服，都暗暗称心，以为这一回倒霉的舜是必死无疑了。

舜带着工具，让人用绳子吊着，下到深井里面去。哪知道刚一下去，绳子就被割断了，接着，不由分说，乒乒乓乓地一阵石头、泥块从上面倾倒下来。曾经吃亏上当而变得机警的舜，赶忙脱去了外面的旧衣服，变成一条披着鳞甲、银光闪闪的游龙，钻进地下的水道，逍遥自在地浮游着，然后从另外一眼井里钻了出来。

恶徒们填满了井，在井上用脚踏着，蹬着，欢天喜地地大叫大跳着，以为仇人终于毙命，大功终于告成。一家人闹闹嚷嚷，去到舜的家，准备接收他的老婆和财产。小妹妹系也跟了去看热闹。

凶信报到，不知道是真是假，两个嫂嫂都掩了面，转身回到后面的屋子里去悲哀地号啕。得意忘形的弟弟象却正在堂屋里和爹妈商量着分配"死人"的财产。

"主意本来是我出的。"象张开他那张丑陋的蛤蟆形的嘴巴，指手画脚地说，"照理财产我该多得一份，可是我什么都不要，牛羊分给爹妈，田地房屋也分给爹妈，我只要死人的这张琴、这把弓和两个嫂嫂……嘻嘻……"

于是象就从墙上取下舜的琴来，心满意足地、玱（chēng）玱玱（cōng）玱地在那里弹奏着。

老太婆和瞎老头欢喜得在屋子里团团转，摸摸这样，看看那样。

屋子后面，"寡妇"们的哭泣声更加哀恸（tòng）了。

这悲哀的哭声，终于激发了小妹妹系的良心，她觉得家里人做的事未免太凶残和卑鄙了，而自己见死不救，也是卑鄙可耻。她正在这样想时，忽然间看见，舜从外面像平常一样神色自若地走进屋子里来。

这突如其来的、死而复生的舜，使满屋子里的众人都骇得怔了半晌。最后，当大家断定舜确实是人而不是鬼，恢复了常态之后，那坐在舜的床上弹琴的象才脸色讪讪地、很不带劲儿地说："哥哥，我正在想念你，很忧闷呢。"

舜说："是啊，我知道你正在想念我啊！"此外再也没有说什么。

天性笃厚的舜，虽然经过这两次事情，对待爹妈和弟弟，还是像先前一样地孝顺友爱，并没有因此而有所改变。倒是本来有些坏习性的小妹妹系，经过这两次事情之后，竟痛改前非，和哥哥嫂嫂都真诚地和好了。

从此以后，受了两次感动，痛改前非的小妹妹系，就经常注意家里人的行动，生怕他们又玩出什么花样来暗害哥哥嫂嫂一家人。

事情正如所料，恶徒们害不死舜，总不甘心，又想出新的阴谋。这阴谋就是假意请舜来喝酒，灌醉他后，再把他杀死。

小妹妹系侦查清楚了这个阴谋，就赶紧悄悄跑去报告给两个嫂子。

嫂子们听了都笑着说："谢谢你……好，你回去吧，我们自有办法对付他们。"

不多一会儿，那请客吃酒的象果然摇摇摆摆地来了，向舜说明来意："以前两回事情实在对不住，这回爹妈特地备办了点酒菜，跟哥哥表示歉意，请哥哥一定要赏脸，明天早点过来。"

象走了以后，舜又愁着了，"怎么办呢？"他向他的年轻的妻子们说，"去好呢还是不去好呢？——不知道他们又在玩什么鬼花样啊！"

"怎么不去呢？"妻子们都说，"不去爹妈又要见怪了——去吧，不要紧。"

她们说着，就走进屋子去，从嫁妆箱里拿出一包药粉来，递给舜说："这药拿去，和上狗屎，洗个澡。明天你去喝酒，包你不出事。——厨房里水已经替你烧好了。"

舜听了妻子们的话，就拿狗屎和药，仔仔细细地洗了个澡。到第二天，舜穿上一身干净衣服，便到爹妈家赴宴去。

恶徒们假意殷勤，欢欢喜喜地接待着舜。摆上了丰盛的酒食，大家坐下来喝酒。磨得锋利的板斧已经预先藏在门角里，筵席上呢，却是一片"干杯啊，干——干——"的劝酒欢笑声。

大盅和小杯，舜拿到手里，总是一饮而尽，从不推辞。一盅又一杯，也不知喝了多少盅、多少杯了，直喝得这些劝酒者都有些颠三倒四，说话不大灵便了，舜还直挺挺地坐在那里，像没那回事一般。

最后，几个酒坛子都已经喝空，菜肴也已经吃光，再也拿不出什么东西来待客了，恶徒们才眼睁睁地看着舜抹了抹他的嘴唇，很有礼貌地向他们告辞，扬长而去。只剩下门角里那把没有使用的板斧在发射出嘲笑的寒光。

从女儿和儿子们的报告里，尧认为舜的确如所传说的那样是既贤孝又有才干的青年，可以传位给他。传位以前，还对他进行了一番考试。这考试就是把他放到一个雷雨将要到来的大山林里去，看他单独一个人用什么法子走出这座山林。

舜行走在大山林里，全没一点儿恐惧。毒蛇见了他便远远地逃开，虎豹豺狼见了他也不敢侵害。一会儿，暴风雷雨来了，森林里一片墨黑：又是霹雳，又是闪电，又是倾盆的大雨，四周都是像精怪一般披着头发、张开手臂的树。树啊，树啊……简直分不出东西南北。可是勇敢智慧的舜，在这片千变万化的森林里行走着，行走着，既不害怕，也不迷惑。最后，他终于沿着来时的道路，走出了这座山林。

经过了最后的这场考试，尧就把天子的位置禅让给了舜。

舜做了国君之后，回家乡去拜见他的父亲瞽叟，还是像从前一样地恭敬孝顺。瞎眼爹到这时候才知道儿子真是一个好儿子，以前种种都是自己糊涂犯下的错误，也就真心诚意地改过向善，和儿子和解了。

舜见了父亲，又把桀骜不驯的弟弟象封到叫有鼻的地方去做诸侯。象受封以后，觉得哥哥真是仁爱宽大，心灵上受了深切的感动，从此也渐渐把他那恶劣的习性改掉，成为一个有用的好人了。

舜做国君的几十年中，也像尧一样，做了很多有利于人民的事情。舜的晚年，到南方各个地方去巡视，中途死在苍梧之野，噩耗传来，全国人民都十分悲痛。

他的两个曾经和他共患难的妻子，听到这不幸的消息，更是悲恸得肝肠寸断，连忙出发，准备到南方去奔丧。

途中，她们走到湘水，不幸遇到风浪，弄翻了船，她们就淹死在江中，成了湘水的神。

舜死了以后，人民把他的尸骨，用瓦棺装殓着，埋葬在苍梧的九嶷山的南面。

在九嶷山的山脚下，每年春秋两季，人们会看见一头长鼻大耳的巨象，来耕舜的祀田。大家心里都很奇怪，不知道这究竟是从哪里来的怪物，为什么要不辞辛苦地来到这里替舜耕田。直到有一年，人们看见一个从远方来的黑胡子男人跪在舜的坟墓前哀哭，哭着哭着，这男人就变成了一头象，跑下山去替舜耕起田来了，大家才知道这黑胡子男人就是舜的弟弟象，由于忏悔以前的过失，才真个变化成一头象来替哥哥耕田。

象去世了以后，人们便在坟墓的附近造了一座亭，叫"鼻亭"，亭里供奉着象的神主，叫"鼻亭神"。这一对同父异母的兄弟，从此以后就相亲相爱地住在一起，永不分开了。

鲧和禹治理洪水

在上古时代，中原大地闹过一次大水灾。鲧（gǔn）与禹父子两代人为了消除水灾，让人们免受洪灾之苦，想尽办法，历尽艰辛治理洪水。鲧借助神力偷出天帝的宝物——息壤，赶退了洪水，却付出了生命的代价。鲧死后，尸体三年都没腐烂。一天，从鲧的肚子里钻出了他的儿子禹。禹决心继承父亲的遗志，完成拯救人类的事业。经过多年的苦战，禹终于将洪水彻底治服。

尧真是一个不幸的帝王，大旱之后又有大水。

那时，各地遭受了洪水的灾害，情形凄惨，可怕极了。大地上一片汪洋，人民没有居住的地方，只得扶老携幼，东西漂流。有的爬上山去找洞窟藏身，有的就在树梢上学鸟雀一样做窠巢。田地浸没在洪涛里，五谷全被水淹坏。飞禽走兽因为大水没有地方藏身，竟来和人争地盘了。

做天子的尧看到大水为害，忧心如焚，但却想不出什么办法来解除人民的痛苦。

滔天的洪水是怎样发生的呢？据说是因为天帝看见下方的人民做错了事，惹得他恼怒，这才特地降下洪水来警告世人。执行这个任务的，就是那个在女娲时代和火神打仗不胜、头触不周山、死而复生的水神共工。他得到这个大显身手的机会，真是高兴得很，不肯轻易放过，所以洪水一发，就淹了二十多年。

但是不管人民做错了什么事情，遭受了洪水总是痛苦的。他们在水患和饥饿的煎熬中，没有吃，没有住，不仅要随时提防毒蛇猛兽的攻击，还要用衰弱的身子去和疾病抗争。在大洪水时代，那悲惨绝望的日子，是多么可怕呀！

天上有众多的神，他们对于人民所遭受的灾祸，都无动于衷。真心哀怜人民痛苦的，只有一个大神鲧。

这鲧，原是天上的一匹白马。他的父亲是骆明，骆明的父亲是黄帝，他便是黄帝的孙儿。祖父既然是统治宇宙的天帝，孙儿当然也就是天上的一位显赫的大神了。

大神鲧对祖父这种虐待人民的行为，非常不满。他一心想把人民从洪水中救出来，让他们仍旧过平安快乐的日子。他曾经不止一次地向他的祖父请求、谏劝，想得到祖父的同意，赦免人民的过错，把洪水收回天庭。但是固执的天帝，并没有理会鲧的请求，反而给了他一顿申斥。

恳请和谏劝无用，大神鲧决心要自己想办法来平息洪水，为人民解除痛苦。可是滔天的洪水，泛滥了整个中原大地，能用什么法子去平息它呢？他虽然有神力，但还是很难想出好办法。因此，心里时常忧闷不乐。

一天，鲧正在愁闷中，恰巧有一只猫头鹰和一只乌龟互相拖拉着走过来，问鲧为什么不快乐。鲧就把不快乐的缘故告诉了它们。

"要平息洪水，并不是难事啊！"猫头鹰和乌龟齐声说。

"那怎么办呢？"鲧急切地问。

"你知道天庭中有一种叫'息壤'的宝物吗？"

"听说过，却不知道究竟是什么东西。"

"'息壤'就是一种生长不息的土壤，看上去也没有多大一块，但只要弄点来投向大地，马上就会生长加多，积成山，堆成堤，用这宝物来**埋塞**[1]洪

---

①埋(yīn)塞：堵塞，填塞。

水，还怕洪水不能平息？"

"啊，那么这宝物藏在哪里，你们知道吗？"

"这是天帝的至宝，它藏的地方，我们哪能知道？你难道想要偷它出来？"

"是的，"鲧说，"我决心这么办了！"

"你不惧怕你祖父严酷的刑罚？"

"让他去吧。"鲧忧郁地笑了一笑。

被天帝当成至宝的息壤，不用说一定是藏得很严密，并且定然还有勇猛的神灵看守。可是一心想要拯救人民的大神鲧，终于想出办法，把息壤偷取到手了。

鲧得到了息壤，马上去到下方，替人民堙塞洪水。这东西果然灵妙，只要少许，就可以积土成堤，叫汹涌的洪水没法逞凶，还叫它在泥土中干涸。

看呀，洪水在大地上渐渐消失了它的踪迹，出现在眼前的是一片起伏的新的绿野。住在树梢上的人民从窠巢中爬出来，住在山冈上的人民从洞窟中走出来，他们枯瘦的脸上再度绽开了笑容，他们的心里都腾跃着对大神鲧的感谢和欢呼，他们都准备着在这苦难的大地上重建新的基业。

正在这个时候，一件非常不幸的事情发生了。

原来息壤被窃的事，给统治全宇宙的天帝知道了。他痛恨天庭出了这样的叛徒，更痛恨家门出了这样忤逆的儿孙。他非常愤怒，毫不犹豫地派了火神祝融下去，把鲧杀死，夺回了剩余的息壤。洪水因此又蔓延开来，泛滥在大地各处，人民的希望成空，仍然被困在寒冷和饥饿里，既悲哀大神鲧的牺牲，更悲哀他们自己的不幸。大神鲧被杀戮（lù）的地方，叫"羽山"，在北极之阴，是太阳照不到的地方。山的南面是雁门，那里有一条神龙，叫"烛龙"，人的脸，龙的身子，全身从头到尾，一共有一千多里长。它从盘古开天辟地起，就守在这里，嘴里衔了一支蜡烛，用来代替日光，照耀北极的阴

暗。世间传说的可怕的幽都，大约就在羽山的附近。我们可以想象这里的凄惨和荒凉——这就是大神鲧为人民牺牲生命的地方。

大神鲧被杀戮后，因为他偷息壤平洪水的志愿没有达到，所以他的精魂还不曾死，还保全了他的尸体，经过三年之久，都没有腐烂。不但这样，他的肚子里还逐渐孕育着新的生命，这就是他的儿子禹。他把他自己的精血和心魂都用来喂养了这个小生命，要禹将来继续去完成他的事业。禹在父亲的肚子里生长着、变化着，三年之中已经具备种种神力，甚至超过了他的父亲。

鲧的尸体三年不腐烂，这件奇事给天帝知道了，天帝大惊，怕他以后会变成精怪，来和自己捣蛋，便又派了一个天神，带了一把叫"吴刀"的宝刀下去，把鲧的尸体剖开。

天神奉命行事，到了羽山，就用吴刀来剖开鲧的尸体。

就在这时候，更大的奇事发生了：从鲧被剖开的肚子里，忽然跳出一条虬（qiú）龙，头上生了一对尖利的角，盘曲腾跃，升上了天空。这条虬龙就是鲧的儿子禹。虬龙禹升上天空以后，鲧本人被剖开的尸体也化为了一条黄龙，跳进羽山旁边的羽渊去了。

这跳进羽渊去的黄龙，只是一条普通的、没有神力的龙，他的全部神力，都已经传给他的儿子禹了。自从他进了羽渊之后，便再也没听说他的消息了。他悄悄地在那里活着，他存活着的唯一意义，就是要亲眼看见他的儿子承继他的事业，把人民从洪水里拯救出来。

他的儿子并没有让他失望，新生的虬龙禹具有很大的神力，发了很大的愿心，要继续完成父亲的功业。

鲧肚子里诞生了禹的这回事，很快又被天帝知道了。那高高地坐在宝座上的天帝，听到这消息，真是非常吃惊。叛逆者假如有了叛逆的道理，那么他那反抗的意志，是谁都消灭不了的。剖开鲧的肚子可以诞生禹，怎知道剖开禹的肚子会不会又诞生别的更神奇的生物呢?

由于这个缘故,天帝也就渐渐悔悟到用洪水来处罚人民,未免太残酷了。那个新诞生的虬龙禹,实在也很不好惹。当禹按照预定的计划,首先向天帝说明拯救人民的理由,请求将息壤赐给他的时候,经验丰富的天帝,便马上答应了他的请求,不但把息壤赐给他,还干脆任命他到下方去治理洪水。为了禹工作更方便,天帝还派曾经杀蚩尤立大功的应龙去帮他的忙,这真是禹所没有想到的。

禹受了天帝的任命,带了应龙,去到下方,开始做平治洪水的工作。

可是这一来,却惹恼了水神共工,因为洪水原是天帝命令他降下来惩罚人民的,正是他大显神通的好机会,现在手段还没有完全施展,又叫他把洪水收拾起来,这怎么行呢?而且禹那小孩子知道什么呢?天帝答应禹的请求,也让他很不服气。

他立定决心,偏要出来和禹捣一捣乱。

于是他就把洪水从西方掀腾起来,一直淹到空桑。空桑在今山东曲阜,已经要算中国极东的地方了,可见当时中原一带,都早已经变作了泽国。可怜的人民,为了水神的一怒,不知道又有多少人在洪涛里葬身鱼腹!

禹看见共工这样蛮横,知道除了用武力对付以外,用道理说服是不行的。要赶早平息洪水,必须先除去掀腾洪水来祸害人民的罪魁,因此禹决心和共工一战。

为了对付可恶的共工,禹就学他曾祖父黄帝,在会稽山会合天下群神。那时大家都到齐了,只有防风氏后到,禹怪他不遵守号令,就把他杀掉了。过了一千五六百年,到春秋时期,吴王和越王打仗,把越王围困在会稽山。吴军从攻下的山上发掘出一节骨头,不是人类的骨头,也不是野兽的骨头,那骨头之大,需用整部车子才能装下,大家都不认识。去请教博学的孔子,孔子才说出这就是被禹所杀的防风氏的骨头。从这里,我们可以想见禹的神力和威权有多么大。

禹率领天下群神和共工开战，共工当然不是禹的对手，所以不久就被禹赶跑了。

禹赶跑了共工，这才开始他治理洪水的工作。

他叫一只大黑乌龟把息壤背在背上，跟随在他的后面。他随时把一小块一小块的息壤取来投向大地，这样就把极深的洪泉填平了，把人类居住的地方加高了。那特别加高起来的，就成为我们今天四方的名山。

禹知道，治理洪水，单是用堵塞的办法还不行，因此另一方面，他又率领人民来做疏江导河的工作。

他叫应龙走在前面，拿它的尾巴画地，用应龙的尾巴指引方向，禹所开凿的河川的道路就跟着它走。这样，就把洪水引导到东洋大海，成为我们今天的大江大河。

禹治理洪水，直到三十岁，还没有结婚。当他走到涂山（今浙江绍兴西北）的时候，他心里就想："我的年龄已经很大了，应该结婚了，将有什么东西来给我显示吧？"正在这样想的时候，果然，就有一只有着九条尾巴的白狐狸来到禹的面前，使禹想起当地的一首民间歌谣——

　　谁见了九条尾巴的白狐狸，
　　谁就可以做国王；
　　谁娶了涂山氏的女儿，
　　谁的家道就兴旺。

禹便娶了一个涂山氏的女儿做他的妻子，这个女人名叫"女娇"。他们便在台桑这地方结了婚。

结了婚的禹，也并不坐在家里享福，还是在外面劳碌奔波，为人民谋幸福。他的新婚妻子也跟着他一起。

有一次禹为了治洪水，要打通轩辕山，急切间想不出办法，便化为一头熊，想用自己的力量来凿山开路。

他变熊的时候，不凑巧被他的妻子看见了，她想不到自己的丈夫竟是一头熊，害怕地赶快回身就逃走。

禹看见妻子跑了，也跟在她的后面追赶，想向她解释误会。

禹在慌忙中忘记了变回原形，他的妻子看见追赶来的还是一头熊，心里更是害怕，脚下也就跑得更加快。

他俩这样一逃一追，一直跑到嵩山的脚下。

禹的妻子急得没法，也就摇身一变，化成了一块石头。

禹见妻子化为石头，不理他了，又急又气，便向石头大叫道："还我的儿子来！"

石头便向北方破裂开，生了一个儿子，名叫"启"。"启"就是"裂开"的意思。

经过许多艰难和困苦，洪水终于给禹治理平息了。禹平治了洪水，使人民安居乐业，过上幸福的日子，人民都感激他的功德，万国诸侯也都敬畏他。那时尧帝已把国君的位置禅让给了舜帝，而舜帝年纪也渐渐大了，大家就拥戴禹继承舜帝的位置，他便做了天子。

他在位的时候，替人民做了许多有益的事。后来他到南方去巡视，走到会稽，生病死了，群臣就把他埋葬在那里。

也有人说禹并没有死，只是留下了尸骸，他的实在的本身，却飞升上天，仍旧成了神。

不管怎样，如今会稽山还可看到一个大孔穴，称为"禹穴"，据说就是禹埋葬的地方。

神农氏尝百草

生老病死是最自然不过的事了，不过因为"病"而早早地离开这个世界的人又实在值得同情。神农觉得自己有保护好自己子民的职责，所以他踏遍神州大地寻找治疗病患的药草，找到后他都先自己服用来确定有用与否或者有毒与否。最后终于找到了可以治疗很多常见病患的药草。

神农是上古神话中的炎帝，号神农氏。传说神农氏尝遍百草，留下药学经典著作《本草》，第一次对我国中药学进行了系统总结，不仅奠定了中药学的基础，而且对其发展产生了深远的影响。

上古时期，五谷和杂草长在一起，药物和百花开在一起，哪些粮食可以吃，哪些草药可以治病，谁也分不清。黎民百姓靠打猎过日子，天上的飞禽越打越少，地下的走兽越打越稀，人们就只好饿肚子。谁要生疮害病，无医无药，不死也要脱层皮啊！老百姓的疾苦，神农瞧在眼里，疼在心头。怎样给百姓充饥？怎样为百姓治病？

神农苦思冥想了三天三夜，终于想出了一个办法。第四天，他带着一批臣民，从家乡随州历山出发，向西北大山走去。他们走哇，走哇，腿走肿了，脚起茧了，还是不停地走，整整走了四十九天，来到一个地方。只见高山一峰接一峰，峡谷一条连一条，山上长满奇花异草，大老远就闻到了香气。

神农他们正往前走，突然从峡谷窜出来一群狼虫虎豹，把他们团团围住。神农马上让臣民们挥舞神鞭，向野兽们打去。打走一批，又拥上来一批，一直打了七天七夜，才把野兽都赶跑。那些虎豹蟒蛇身上被神鞭抽出一条条一块块伤痕，后来变成了皮上的斑纹。这时，臣民们说这里太险恶了，劝神农回去。神农摇摇头说："不能回！黎民百姓饿了没吃的，病了没药医，我们怎么能回去呢！"

　　他说着领头进了峡谷，来到一座大山脚下。这山半截插在云彩里，四面是刀切崖，崖上挂着瀑布，长着青苔，溜光水滑，看来没有登天的梯子是上不去的。臣民们又劝他算了吧，还是趁早回去。神农摇摇头："不能回！黎民百姓饿了没吃的，病了没药医，我们怎么能回去呢！"

　　他站在一座小石山上，对着高山，上望望，下看看，左瞅瞅，右瞄瞄，打主意，想办法。后来，人们就把他站的这座小山峰叫"望农亭"。然后，他看见几只金丝猴，顺着高悬的古藤和横倒在崖腰的朽木，爬过来。神农灵机一动，有了！他当下把臣民们喊来，叫他们砍木杆，割藤条，靠着山崖搭成架子，一天搭上一层，从春天搭到夏天，从秋天搭到冬天，不管刮风下雨，还是飞雪结冰，从来不停工。整整搭了一年，搭了三百六十层，才搭到山顶。

　　神农带着臣民，攀登木架，上了山顶。嘿呀！山上真是花草的世界，红的、绿的、白的、黄的，各色各样，密密丛丛。神农欢喜极了，他叫臣民们防着狼虫虎豹，他亲自采摘花草，放到嘴里尝。为了在这里尝百草，给老百姓找吃的，找医药，神农就叫臣民在山上栽了几排冷杉，当成城墙防野兽，在墙内盖茅屋居住。后来，人们就把神农住的地方叫"木城"。白天，他领着臣民到山上尝百草；晚上，他叫臣民生起篝火。他就借着火光把百草的功效详细地记载下来：哪些草是苦的，哪些是热的，哪些是凉的，哪些能充饥，哪些能医病，都写得清清楚楚。

有一次，他把一棵草放到嘴里一尝，霎时天旋地转，一头栽倒在地。臣民们慌忙扶他坐起，他明白自己中了毒，可是已经不会说话了，只用最后一点力气，指着面前一棵红色的灵芝草，又指指自己的嘴巴。臣民们慌忙把那红灵芝喂到他嘴里。神农吃了灵芝草，毒气解了，头不昏了，会说话了。从此，人们都说灵芝草能起死回生。

臣民们担心他这样尝草，太危险了，都劝他还是下山回去。他又摇摇头说："不能回！黎民百姓饿了没吃的，病了没药医，我们怎么能回去呢！"说罢，他又接着尝百草。他尝完一山花草，又到另一山去尝，还是用木杆搭架的办法，攀登上去。一直尝了四十九天，踏遍了这里的山山岭岭。

他尝出了麦、稻等能充饥，就叫臣民把种子带回去，让黎民百姓种植，这就是后来的五谷。他尝出了三百六十五种草药，写成《本草》，叫臣民带回去，为天下百姓治病。神农尝完百草，来到回生寨，准备下山回去。他放眼一望，遍山搭的木架不见了。原来，那些搭架的木杆，落地生根，淋雨吐芽，年深月久，竟然长成了一片茫茫林海。神农正在为难，天空突然飞来一群白鹤，把他和护身的几位臣民，接上天庭去了。

从此，回生寨一年四季，香气弥漫。为了纪念神农尝百草、造福人间的功绩，老百姓就把这一片茫茫林海取名为"神农架"；把神农升天的回生寨，改名为"留香寨"。

中国古代神话
ZHONGGUO GUDAI SHENHUA

阿里山

据说，现在草木繁茂、舒适宜人的阿里山，在以前其实是一座秃山。这秃山寸草不生，直到发生了一件传奇的事情，才使它焕发生机。秃山上的小伙子阿里，为了救两个女子，打了老寿星，激怒了玉帝。玉帝下令让雷神用雷火烧死这一带的生灵，阿里主动到秃山引雷，他死后，秃山就开始生长植物了。

在台湾嘉义县的东面，有一座海拔三千多米的高山，名叫阿里山。山上到处生长着树木，台湾盛产的三件宝——大米、甘蔗和樟树，其中的樟树就大部分生长在这里。这儿，一年四季鸟语花香，是台湾有名的游览胜地。特别引人注目的是半山腰上的一棵齐天高的大桧（guì）树。据说，这棵桧树年龄有三千多岁，所以人们都管它叫"神木"。

从前，阿里山叫"秃山"，因为它浑身上下不长一棵树、一根草、一朵花。那么，这座秃山是怎样有了树木和花草的呢？又为什么改名叫"阿里山"呢？当地流传着这样一个故事。

从前，在这座秃山北面的一个沟岔上，住着一个靠打猎为生的小伙子，名叫阿里。有一天，阿里在北山坡上打猎，突然，看见山下有一只吊睛白额大老虎，正在追赶两个采花姑娘。阿里急忙从山坡上跑下来，一下跳到虎背上，手起刀落，只听"咔嚓"一声，老虎脑袋被砍落在地上。两个采花姑娘得救了。

他刚要回北山坡上打猎，又见从天上落下来个手拿龙头拐杖的白胡老头，老头一边笑，一边拽着两个姑娘的胳膊往南山坡上拉。阿里是个见义勇为的人，他见这两个姑娘刚脱离虎口，又遭到这坏老头子的戏耍，心里燃起阵阵怒火。他大喝一声："住手！"就一个箭步冲到那个坏老头子的面前，夺下龙头拐杖，照着那老头的前额狠狠打了一下。那老头的前额立刻起了一个大疙瘩。他痛得大喊一声，放开那两个姑娘，一甩袖子，向空中飞去，一转眼，就不见了。

没过多久，晴天响起了雷声，那雷声由远而近，越来越大，只见那两个采花姑娘吓得浑身乱颤，她们焦急地说："坏事了！坏事了！"

阿里奇怪地问："这是怎么回事？"

两个姑娘说："我俩本是天宫的仙女，听说台湾岛风景优美，就偷偷来到这里。不想，遇见了恶虎，多亏你救了我们俩的性命。谁知，由于贪恋美景，误了时辰。玉帝派老寿星下来捉拿我俩回天宫治罪。我们害怕玉帝的刑罚，不想回天宫。正在老寿星拉我们的时候，你却跑过来把他打跑了。他把这件事告诉了玉帝，玉帝震怒，下令让雷神用雷火烧死这一带的生灵呢！"

阿里听她俩这么一说，吃惊不小："难道就没有什么办法，搭救这一带的生灵吗？"

两个仙女说："只要有豁上性命的人，跑到南面那座秃山顶上，把雷火引开，使雷火不能蔓延，就能保住这一带的生灵了。阿哥你远远躲开，我俩到秃山顶上去引雷火吧。"

阿里摇着头说："不，老寿星是我打的，祸是我惹的，还是让我去引雷火吧！"他说着，就拿着那个龙头拐杖，急忙向南边的那座秃山上跑去。他心急跑得快，不大一会儿，就登上秃山的山顶。他仰起头来，朝着天空高声喊道："雷神噢！老寿星是我阿里打的，那两个仙女是我阿里保护的，祸是我阿里惹的,与别人无关!你那雷火,朝我阿里身上击吧!"

这时,雷神正好来到秃山上空。他举起雷钻和闪锤,只听"轰隆"一声响,一个沉雷把阿里的身体击个粉碎,雷火在秃山顶上熊熊燃烧起来。雷神转身到天宫交差去了。因为这座山上没有树木和花草,雷火还没燃烧到半山腰,就自己熄灭了。

阿里虽然被雷火击死了,但他死后,这座秃山却长出了一片片树林。人们都说,这些树木是阿里被雷火击碎了的皮肉和头发变成的。那棵神木呢?就是老寿星的那根龙头拐杖变成的。

那两个仙女,见到这种情景,感动极了,两个人合计了一下,说:"阿里阿哥是为咱们和大伙死的,他死后,皮肉头发都变成了树木,为人们造福。我们俩就变成花草,好给阿里阿哥做伴,也能为人们造福。"

从此以后,这座秃山才有了树木和花草。人们为了纪念这个舍己为人的好后生,就把这座山改名叫阿里山。

阿里山

轩辕氏黄帝

轩辕氏黄帝是中国远古时代华夏民族的共主，五帝之首，被尊为中华"人文初祖"。轩辕黄帝部落由天水自西向东迁移，史载黄帝以姬水成，因有土德之瑞，故号黄帝。黄帝以统一整个中华大地的伟绩载入史册。黄帝在位期间播百谷草木，大力发展生产，始制衣冠，建舟车等。

黄帝又叫轩辕氏。他是古华夏部落联盟首领，中国远古时代华夏民族的共主。

远古时代，有一个小国叫有熊国，国君是少典。当时少典氏与有蟜氏世代互通婚姻，于是少典便娶有蟜氏的女儿附宝为妻。

有一天，少典和附宝扛着木耜去田间种地，正走着，天空突然暗淡下来，顿时星光满天，像是夜晚来临。这时附宝抬头仰视，只见天空有一道闪闪发亮的电光像蛇一样不时绕着北斗七星旋转，刹那间，罩上了一层浓郁的青光。附宝突然觉得腹部有什么东西猛地一动，就怀孕了。

经过二十五个月，附宝生下了一个男孩。孩子降生的时候，一片紫气弥漫周围，他刚生下来就会说话，非常机灵。这个孩子就是黄帝。

黄帝十五岁时接受国土袭封，号有熊氏，因发明装有轮子的车辆，又号轩辕氏。

黄帝共有二十五个儿子，其中十四人被分封得姓。这十四人共得到十二个姓，分别是：姬、酉、祁、己、滕、葴、任、荀、僖、姞、儇、衣。另外，青阳、苍林与姬同姓。而少昊（己姓）、颛顼（次子昌意之子）、帝喾（长子之孙）、唐尧（长子玄孙）、虞舜（次子八代孙），以及夏朝、商朝（子姓）、周朝的君主都是黄帝的子孙。

后来的少昊、颛顼、尧、舜、禹以及夏禹、商族的祖先、周族的祖先等，都是黄帝的后裔①，这些后裔都继承了姬姓，他的后代周武王（姬发）建立了周朝。在西周初年周武王大封诸侯时，其中姬姓国就有五十三个，这些姬姓国的后代多数改以国名、封邑名以及祖父名、号为姓，姬姓反而不多了。

黄帝最初的神职是掌管风雨雷电，后升任中央大帝。他天生四张面孔，能同时注意东南西北四方动静，天上人间的任何事情，都逃不过他的眼睛。

钟山之神烛阴的儿子——人面龙身的鼓，勾结人面马身的凶神，将一个叫葆（bǎo）江的神诱骗至昆仑山的南坡暗杀了，并且毁尸灭迹，企图掩盖罪行。

整个谋杀过程全被黄帝清清楚楚地看在眼里，为了伸张正义，他派遣天杀星下凡，千里缉凶，在钟山东面的瑶崖追及那两个恶徒，一起处斩，为可怜的葆江报了仇。

人面蛇身的天神贰负，受其家臣危的唆使，杀害了也是人面蛇身的国主窫窳（yǔ）。这件事黄帝也看到了，他命令四大神捕擒下贰负主仆，将贰负绞决，弃尸于鬼国东南。用危自己的头发作绳索反绑他的双手，再用镣铐锁住右脚，拴在西方疏属山顶的大树上，判他永远不得离开。

除了四张脸以外，黄帝的整体形状恰似一只充满空气的斗皮囊，颜色金

①后裔（yì）：已经死去的人的子孙。

黄，隐隐闪烁赤光，长有六条腿、四个翅膀，却混混沌沌，找不到眼睛和脸庞。

应该精明时，四面八方，明察秋毫；该糊涂时，浑无面目，大智若愚。黄帝的厉害处正在于此，别的神灵想学也学不来。

黄帝的聪明过人，还表现在他运用六十四卦的原理，为中华民族留下了许许多多宝贵的财富。

远古时代，人们没有穿的东西，黄帝发明了衣服，送给人们遮体御寒。那时湖泊、河流阻碍了人们的远行，黄帝找来又粗又长的木头，把中间挖空放在水上，成了后来的船。又找来木头劈削成有柄的木片，成了后来的桨。从此，人们可以用船渡河，还可以漂洋过海。

那时候，成群结队的野牛、野马横冲直撞，经常危害人类。黄帝教人们驯服野牛、野马的本领。于是，人们逐渐学会了把野牛、野马驯服、驾驭并饲养，让马替人运载货物，让牛为人耕耘田地，大大提高了生产能力。

黄帝还发明了弓和箭。用弓箭打猎、杀敌，威力很大，几十步之外就可以射杀对方。黄帝的军队也因此军威大振，所向披靡，无敌于天下。

黄帝经过漫长的征战，终于统一了天上人间的各路神仙和各方诸侯，统一了整个中华大地。

中国古代神话
ZHONGGUO GUDAI SHENHUA

刑天舞干戚

刑天为炎帝近臣，自炎帝败于黄帝，刑天一直伴随左右，居于南方。蚩尤起兵复仇被黄帝削平，刑天吞不下这口气，他一人手执利斧，直杀上中央天帝的宫门前，要和黄帝争神位，黄帝砍下他的脑袋，把它埋葬在常羊山。没有头的刑天便用两个乳当眼睛，用肚脐当嘴巴，一手持盾牌，一手执大斧，至今仍然挺立在那里挥舞战斗。

当炎帝还是统治全宇宙的天帝的时候，刑天是炎帝手下的一位大臣。他酷爱音乐，曾为炎帝作乐曲《扶犁》，作诗歌《丰收》，总名称为《卜谋》，以歌颂当时人民幸福快乐的生活。

炎帝被黄帝打败后，屈居到南方做了一名小小的天帝。虽然炎帝忍气吞声，不敢和黄帝抗争，但他的子孙和手下却不服气。当蚩尤举兵反抗黄帝的时候，刑天曾想去参加这场战争，只是因为炎帝的坚决阻止没有成行。蚩尤和黄帝一战失败，蚩尤被杀死，刑天再也按捺不住他那颗愤怒的心，于是偷偷地离开南方天庭，径直奔向中央天庭，去和黄帝争个高低。

刑天左手握着长方形的盾牌，右手拿着一柄闪光的大斧，一路过关斩将，砍开重重天门，直杀到黄帝的宫前。黄帝正带领众大臣在宫中观赏仙女们的轻歌曼舞，猛见刑天挥舞盾斧杀过来，顿时勃然大怒，拿起宝剑就和刑天搏斗起来。两人剑刺斧劈，从宫内杀到宫外，从天庭杀到凡间，直杀到常羊山旁。

常羊山是炎帝降生的地方，往北不远，便是黄帝的诞生地轩辕国。轩辕国的人个个人面蛇身，尾巴缠绕在头顶上。两个仇人都到了自己的故土，因而战斗格外激烈。刑天想，世界本是炎帝的，现在被你窃取了，我一定要夺回来。黄帝想，现在普天下邦安民乐，我轩辕子孙昌盛，岂容他人染指。于是各自都使出浑身力气，恨不得能将对方立刻杀死。

黄帝到底是久经沙场的老将，又有九天玄女传授的兵法，便比刑天多些心眼，故意露出了破绽，刑天以为取胜的机会来了，用尽全力却砍空了，黄帝趁机一剑向刑天的颈脖砍去，只听"咔嚓"一声，刑天的那颗像小山一样的巨大头颅，便从颈脖上滚落下来，落在常羊山脚下。

刑天一摸脖颈上没有了头颅，顿时惊慌起来，忙把斧头移到握盾的左手，伸出右手在地上乱摸乱抓。他要寻找到他那颗不屈的头颅，安在脖颈上再和黄帝大战一番。他摸呀摸呀，周围的大小山谷被他摸了个遍，参天的大树，凸出的岩石，在他右手的触碰下，都折断了，崩塌了，但还是没有找到那颗头颅。他只顾向远处摸去，却没想到头颅就在离他不远的山脚下。

黄帝怕刑天真的摸到头颅，恢复原身又来和他作对，连忙举起手中的宝剑向常羊山用力一劈，随着"轰隆隆""哗啦啦"的巨响，常羊山被劈为两半，刑天的巨大头颅骨落入山中，两山又合二为一，把刑天的头颅深深地埋藏起来。

听到这异样的响声，感觉到周围异样的变动，刑天停止摸索头颅。他知道狠毒的黄帝已把他的头颅埋葬了，他将永远身首异处。他呆呆地立在那里，就像是一座黑沉沉的大山。想象着黄帝那得意扬扬的样子，想象着自己的心愿未能达到，他愤怒极了，他不甘心就这样败在黄帝手下。突然，他一只手拿着盾牌，一只手举起大斧，向着天空乱劈乱舞，继续和眼前看不见的敌人拼死搏斗起来。

失去头的刑天，赤裸着他的上身，似是把他的两乳当作眼，把他的肚脐当作口，他的身躯就是他的头颅。那两乳的"眼"似在喷射出愤怒的火焰，那圆圆的脐上，似在发出仇恨的咒骂，那身躯的头颅如山一样坚实稳固，那两手拿着的斧和盾，挥舞得那样有力。

　　看着无头刑天还在愤怒地挥舞盾斧，黄帝心里一阵战栗，不由自主地害怕起来。他不敢再对刑天下毒手，便悄悄地溜回天庭去了。

　　那断头的刑天，至今还在常羊山的附近，挥舞着手里的武器。

百鸟之王少昊

美丽的皇娥和英俊的启明星相爱了，他们在一起不久，就有了一个可爱的儿子——少昊。少昊继承了父母的所有优点，尤其是父亲对音律的敏感。少昊和鸟类很投缘，许多鸟儿喜欢和少昊嬉戏。少昊长大后，深切感受到了自己肩负的重大使命，不能辜负天下百姓对自己的期望，于是离开父母在外游历，并建立自己的国度，造福苍生。

天空中最美的要数云霞了，它们形态各异，有时如棉花一般堆积着，有时又像裂帛一样铺撒在天空之中。传说天空中七彩的云霞、绚丽的火烧云、洁白的白云、阴郁的乌云，都是由一匹一匹的锦缎织成的。你知道是谁如此的心灵手巧吗？她就是皇娥，传说中一位美丽、聪颖的仙女。

黎明时分，天空中总是有一颗特别闪亮的星星，发出金黄色的光芒，格外漂亮。这颗星星就是启明星。他是一位很英俊的神仙，不仅潇洒儒雅，还弹得一手好琴。你听，山风吹过，树叶发出的簌簌声，河里湍急的水流发出的叮咚声，都是他优美的琴声。

美丽的皇娥和英俊的启明星相爱了。他们在一起不久，就有了一个可爱的儿子——少昊。

少昊天资聪颖，继承了母亲的美貌和父亲对音律的敏感，在很小的时候就会跟着歌声手舞足蹈了。

少昊从小就和鸟类十分投缘，只要一看到鸟，他就会开心地笑。鸟儿们也都十分喜欢他。启明星和皇娥的家中，总是飞舞着各种各样的鸟儿，它们和少昊一起游戏，每天都唱歌给他听。

渐渐地，少昊长大了。在父母的精心抚育下，他长成了一个英俊的少年，知书达理，精通音律。启明星教他弹琴，把自己毕生对琴艺的参悟都传授给了他；皇娥则教他为人处世的道理。父母真诚、善良、勤劳的品质深深地影响了少昊。眼看着少昊一天天成长为一个出类拔萃、英伟不凡的青年，皇娥和启明星欣慰地笑了，笑容中充溢着无尽的幸福与快乐。

少昊长大成人后，深切感受到了自己肩负的重大使命，也深知不能辜负父母对自己的期望，不能辜负天下百姓对自己的期望，于是决定离开父母到外面游历，并建立自己的国度，造福苍生。

皇娥和启明星虽然舍不得儿子离开，但是他们深明大义，理解并支持儿子的志向。他们送别了儿子，告诫他一定要不负众望，早日创立基业，造福黎民。

少昊来到了东方海外，建立了少昊国，并别出心裁地以鸟为民。这个百鸟之国在少昊的治理下秩序井然，充溢着和平祥瑞之气。文武百官全是各种各样的飞禽：凤凰通晓天时，负责颁布历法；鱼鹰剽悍勇猛，主管军事；鹁鸪孝敬父母，主管教化；布谷鸟善于调配，主管水利及营建工程；苍鹰威严公正，主管刑狱；斑鸠热心周到，主管修缮等杂物；五种野鸡分管木工、金工、陶工、皮工、染工；九种扈鸟分管农业上的耕种、收获等事项。百鸟各得其所，各展所长，生活得既快乐又美满。它们无不感激少昊的慈爱和仁德，无不佩服少昊的智慧和才华。

少昊看到百鸟之国到处都呈现出繁荣向上的景象，十分欣慰。为了使百鸟之国更加兴旺发达，他还请来年幼聪敏、颇有才干的侄儿颛顼帮助他料理朝政。颛顼不负众望，干得很出色，深得叔父的赏识。少昊国的鸟儿百姓更加爱戴少昊这位圣明的君主了，并纷纷赞叹颛顼（zhuān xū）的聪明能干。它

中国古代神话

ZHONGGUO GUDAI SHENHUA

们都十分敬重这对叔侄。

颛顼兢兢业业，废寝忘食，为了治理好朝政不辞辛劳。少昊见侄子十分辛苦，娇嫩的脸上常常挂满了汗珠，有时累得背都直不起来，双手也变粗了，十分心疼他，就将父亲传下来的那张琴搬了出来，手把手地教颛顼弹奏，以供他提神、娱乐。

颛顼聪慧好学，琴艺飞长，很快就成为抚琴高手。他琴艺精湛，琴声悠扬婉转，能够穿透云层，飞越千里，令听者顿觉神清气爽、心情愉悦，将所有的劳累和烦恼都抛诸脑后，变得精神百倍。他还能自己谱曲，所作的《忘忧曲》《劳作歌》被百鸟广为传唱，成为百鸟之国生活中不可或缺的一部分。颛顼的琴艺赢得了百鸟的齐声喝彩，大家都为能够听到这样的琴声而无比庆幸。它们都说，颛顼的琴艺已远远超过了叔父少昊。

日月如梭，时光荏苒，几年后，颛顼长大成人，就要回到自己的封邑去了。

少昊是多么舍不得侄儿离开啊！他甚至打算把王位传给侄儿。颛顼也舍不得离开这块培育他成长的土地，舍不得对他百般疼爱并教授他技艺的叔叔，舍不得爱戴他、喜欢听他抚琴的百鸟。可是颛顼明白，自己的封邑也需要自己，必须回去。

颛顼离开后，少昊便觉得心里空荡荡的，一切都变得那么不适应了。

原来百鸟散朝后还能听到颛顼的琴声，大家工作劳累时也能听到颛顼的琴声。如今，人走琴封，整个国家好像一下子寂静了下来。

少昊常常怀念起颛顼在的日子，而今物是人非，离愁难消。终于有一天，他拿起琴来把它扔进了东海。从此，每当夜深人静、月朗星稀的时候，那平静的海面就会飘荡起婉转悠扬、凄凄切切的琴声，仿佛诉说着无尽的离愁与哀伤，一波又一波，激荡着心扉，绵绵不绝，催人泪下。

少昊对颛顼的思念并非全是出自叔侄之情，他之所以离愁难消，在相当大的程度上是出于思念一生中唯一的知音，思念这位知音弹奏的优美的琴曲。

火神祝融

祝融为颛顼帝孙重黎，高辛氏火正之官，黄帝赐他姓祝融氏。祝融死后，葬在南岳衡山之阳，后人为了纪念他，就把南岳最高峰称为祝融峰。

　　黄帝时期有个火正官，他的名字叫容光，官名叫祝融，是一个氏族首领的儿子，有着一副红脸盘，长得威武魁梧，聪明伶俐，不过生性火爆，遇到不顺心的事就会火冒三丈。那时候燧人氏发明钻木取火，还不大会保存火和利用火。但容光特别喜欢跟火亲近，所以十几岁就成了管火的能手。火到了他的手里，只要不是长途传递，都能长期保存下来。容光会用火烧菜、煮饭，还会用火取暖、照明、驱逐野兽、赶跑蚊虫。这些本领，在那个时候是了不得的。所以，大家都很敬重他。有一次，容光的父亲带着整个氏族长途迁徙，容光看到带着火种走路不方便，就只把钻木取火用的尖石头带在身边。

　　一天，等大家定居下来，容光就取出尖石头，找了一根大木头，坐在一座石山面前"呼哧呼哧"地钻起火来。钻呀，钻呀，钻了整整三个时辰，还没有冒烟，容光很生气，他嘴里喘着粗气，很不高兴。但是没有火不行，他只好又钻。钻呀，钻呀，又钻了整整三个时辰，烟倒是出来了，就是不起火。他气得脸黑红，"呼"地站起来，把尖石头向石头山上狠狠砸去。谁知已经钻得很热的尖石头碰在石山上，"咔嚓"一声冒出了几颗耀眼的火星。聪明的容光看了，很快想出了新的取火方法。他采了一些晒干的芦花，用两块尖石头靠着芦花"嘣嘣嘣"地敲了几下，火星溅到芦花上面，就"吱吱"地冒烟了。再轻轻地吹一吹，火苗就往上蹿了。

自从容光发现了石头取火的方法，就再也用不着费很大功夫去钻木取火了，也用不着千方百计保存火种了。中原的黄帝知道容光有这么大的功劳，就把他请去，封他当了个专门管火的火正官。黄帝非常器重他，说："容光呀，以后就任命你为祝融好了，'祝'就是永远，'融'就是光明，愿你永远给人间带来光明。"容光听了非常高兴，连忙磕头致谢。从此，大家就改叫他祝融了。

黄帝在位的时候，南方有个氏族首领名叫蚩尤，经常侵扰中原，弄得中原的人无法生活。黄帝就号令中原的人联合起来，由祝融和其他几个将领带着，去讨伐蚩尤，蚩尤人多势众，尤其是他的八十一个兄弟，一个个身披兽皮，头戴牛角，口中能喷射浓雾，好不威风。开始打仗的时候，黄帝的部队一遇上大雾就迷失方向，部队之间失去联系，互不相顾。蚩尤的部队就趁势猛扑过来，打得黄帝大败，一直向北逃到涿鹿才停下来。黄帝被蚩尤围在涿鹿，好久不敢出战。不久，因风后发明了指南车，就再也不怕浓雾了。后来祝融见蚩尤的部下都披兽皮，又献了一计，教自己的部下每个人打个火把，四处放火，烧得蚩尤的部队焦头烂额，慌慌张张地朝南方逃走。黄帝驾着指南车，带着部队乘胜向南追赶。过了黄河，过了长江，一直追到黎山之丘，最后终于把蚩尤杀死了。祝融由于发明了火攻的战术，立了大功，黄帝重重封赏了他，他成了黄帝的重臣。

黄帝的部队班师回朝时，路过云梦泽南边的一群大山。黄帝把祝融叫到

中国古代神话
ZHONGGUO GUDAI SHENHUA

跟前，故意问道："这叫什么山？"祝融答道："这叫衡山。"黄帝又问："这山的来历如何？"祝融又答道："上古时候，天地一片混沌，像个鸡蛋。盘古氏开天辟地，才有了生灵。他活了一万八千年，死后躺在中原大地之上，头部朝东，变成泰山；脚趾在西，变成华山；腹部凸起，变成嵩山；右手朝北，变成恒山；左手朝南，就变成了眼前的衡山。"刚刚说完，黄帝紧接着又问："那么，为什么名叫衡山？"祝融马上答道："此山横亘云梦与九嶷之间，像一杆秤一样，可以称出天地的轻重，衡量帝王道德的高下，所以名叫衡山。"黄帝见他对答如流，非常高兴，笑呵呵地说："好哇！你这么熟悉南方事务，我要委你以重任！"但黄帝并不说出是什么重任。

部队在衡山驻扎下来了。黄帝登上最高峰，接受南方各个部落的朝拜。许多氏族首领会集在一起，大家都很高兴，祝融一时兴起，奏起了黄帝自己编的曲子《咸池之乐》，黄帝的妃子嫘祖也踏着拍子，跳起舞来。大家见了，都围着黄帝跳了起来。跳了个痛快以后，黄帝叫大家安静下来，说："我就位以来，平榆罔，杀蚩尤，制定历法，发明文字，创造音律，编定医书，又有嫘祖育蚕治丝，定衣裳之制。现在天下一统，我要奠定五岳：东岳泰山，西岳华山，南岳衡山，北岳恒山，中岳嵩山。从今以后，火正官祝融镇守南方。"大家一听，都大声喊着："万寿无疆！万寿无疆！"祝融这时才知道，原来黄帝说的委以重任就是这么回事。

黄帝走了以后，祝融被留在衡山，正式管理南方的事务。他住在衡山的最高峰上，经常巡视各处的百姓。他看到这里的百姓经常吃生东西，就告诉他们取火，教他们把东西烧熟再吃。他看到这里的百姓晚上都在黑暗中行走，就告诉他们使用火照明。他看到这里瘴气重、蚊虫多，百姓经常生病，就告诉他们点火熏烟，驱赶蚊虫和瘴气。百姓们都很尊敬他，每年八月秋收以后，就成群结队地来朝拜他。大家说："祝融啊，我们人丁兴旺，鸡鸭成群，五谷丰登。都是你给我们带来了这么多的好处，我们感谢你，尊你为帝。你以火教化我们，火是赤色，我们就叫你赤帝吧！"从此，祝融就被大家尊为赤帝了。

正当大家安居乐业的时候，忽然电闪雷鸣，从中原传来了震天动地的喊杀声。百姓们吓得不得了，都跑来问祝融是怎么一回事。祝融告诉他们："这是共工和颛顼争帝位，打起来了。"他们打了很久，还是不分胜负，共工一怒之下，一头撞倒了不周山。这不周山，本来撑住了天，系住了大地。眼下，不周山倒塌，天地顿时倾斜，南岳衡山这块天眼看也要垮下来了，这块地也一晃一晃地就要翻过去了。老百姓一个个抱着大树，攀着岩石，吓得哭起来了。祝融连忙使出自己的全身本领，像个大柱子一样撑住这个地方，天才没有垮，山才没有塌。祝融在南岳山上活到一百多岁才死去。百姓把他埋在南岳山的一座山峰上，并把这个山峰命名为赤帝峰。他住过的最高峰，就叫祝融峰。在祝融峰顶上，百姓们修建了一座祝融殿，永远纪念着他的功德。

中国古代神话
ZHONGGUO GUDAI SHENHUA

神农创耒

神农创制的耒，是最古老的农具，耒阳也因为是炎帝创耒之地而得名。耒耜现在看起来很简单，但在当时却是了不起的创新，耒的出现大大提高了耕作效率，增加了农业收成，推动了人类社会的发展。神农创耒的传说讲述的就是耒的形成和发展。

远古时代，人们茹毛饮血[1]，居无定所，常常饥寒交迫。神农被拥戴为南方各部落联盟首长之后，下决心改变这种状况。他遍游天下，广尝百草，发现稻、黍、稷、麦、菽五谷，可以种植，定期收获，于是向人们广传五谷种植技术。没过多久，人们纷纷向神农报告，因土地板结，种植的五谷往往会枯萎。人们用手挖，用石块铲，终无显效。

为了找到对付板结土块的良方，神农率领得力助手垂，溯湘江而上，登上了雄伟的衡山，耳听八百里气息，眼观千里外风光。一阵欢声笑语传来，神农看到了一条神奇的河，有一节首尾欲接而未接。那儿一派祥和景象，令神农大为开怀，立即与垂径奔而至。这个地方后来叫"金线吊葫芦"。

这天风和日丽。女的在烧火做饭，男的在抓鱼捉虾。最吸引神农目光的，是一个中年汉子，他正用一根木棍撬开石块，捉出一只又一只肥蟹。神

---

①茹毛饮血：指原始人不会用火，连毛带血地生吃禽兽。

农走过去，接过木棍，连撬几块石头，发现比用手扳省力多了。神农随手把木棍往土块上一插，再一撬，那板结的土块立即松散开了。

神农大喜过望，立即叫垂和那捉蟹的中年汉子一起过来，研究用木棍撬土之法。几经试验，他们发现略弯曲的木棍比直木好使，下端尖利的木棍更易入土。这时，几只肥蟹舞着大钳，一会儿就在泥土中扒了一个洞。神农灵机一动，如果木棍下端也做成蟹钳一样的尖叉，松起土来一定更顺畅。很快，耒耜的雏形就创造出来了。人们发现创制耒耜的非凡人物是仰慕已久的神农时，一齐欢呼雀跃地说："神农，神农，您是上天派来拯救生民的神农吗？"

为了制造更多的耒耜，中年汉子和他的伙伴们自告奋勇地进入一座座深山老林，去寻找大小长短合适的曲木。但面对一大堆不规则的木料，扳来压去，就是做不成满意的耒。

神农一时无策，信步来到做饭的灶火前，见一位大嫂把湿木塞进火里，那湿木在大火烘烤下自然弯曲了。神农立即叫垂架起火堆，一边烘烤木材，一边按人的意愿使它弯曲，一柄漂亮适用的耒造出来了。神农亲自使用耒耕作，并不断改进，不但定准了耒的长短尺寸，还把下端尖叉削成上宽下窄的锋面耜。

耒总长六尺六寸，底长一尺一寸，中央直者三尺三寸，勾者二尺二寸，耒下向前曲处接耜。这一规格刚好适宜身高七尺的男人，男人们使用起来得心应手。

在神农氏的领导下，一柄柄规范的耒耜制造出来了。中年汉子和垂分头走遍大江南北，广传耒耜的使用方法和五谷种植技术，使江南成为古代农业最发达的地区。

为了纪念这一伟大创举，更因为这段河流很像耒的底前曲，神农遂将这条神奇的河流命名为"耒水"，并加封为推广耒耜立下功劳的垂为"垂神"，中年汉子为"耒神"。

到秦始皇统一全国，实行郡县制的时候，便将耒水流域的广阔地区置为"耒县"，汉时改为"耒阳县"。具有五千余年悠久文明的耒阳，从一诞生得名起，就千古不变。耒阳民间几千年来一直使用的禾叉，就有古代耒的痕迹。

农民对农具历来有种特别神圣的敬重感，每年开春都要先祭祀再下地耕作。兴建的神农庙（有的叫"药王菩萨庙"），中间神像为威武的神农像，左为垂神，右为耒神，年年香火鼎盛，其间凝聚了对神农创耒的无限深情！

伏羲降龙

伏羲为三皇五帝之一的上古帝王，为中华民族从野蛮时代走向文明时代做出了巨大的贡献。其中，伏羲降龙这一神话故事体现了伏羲为百姓对战黄龙英勇无畏的精神，也让后世更好地了解伏羲。

伏羲是古代传说中的中华民族人文始祖，是中国古籍中记载的最早的王，是中国医药鼻祖之一，有伏羲降龙的千古神话。

很早以前，西边很远的大山里有个深水潭，人们都靠潭里的水生活。

有一天夜里，刮起了大风，刮得树倒屋塌。原来有一条黄龙从别处飞来，钻进了深潭。它吃人吃牲畜，害得百姓往外地逃。

伏羲正在八卦台推算八卦，掐指算出这个事情。他拿起青龙拐杖，说声"变"，青龙拐杖变成了一条青龙。

伏羲骑着青龙来到深潭边儿，青龙又变成拐杖。伏羲从身上掏出个小铜锅，用火石打着火把柴草烧起来，烧一个时辰能烧干四海的水。

黄龙顶不住，变个老头儿从潭里钻出来，指着伏羲问："我跟你没冤没仇，你为什么要来害我？"说着，还要拼个你死我活。

伏羲说："小小恶龙，还不跪下认罪，看我要你的命！"

这时，老头儿现出了黄龙原形，张牙舞爪，口吐黑气，直向伏羲扑来。伏羲不慌不忙，拿起青龙拐杖迎了上去。这青龙拐杖是老天爷送给伏羲的，不管遇上什么妖怪，只要用它去打，没有打不过的。

黄龙不知道这拐杖的厉害，一个劲儿地往伏羲跟前蹿。伏羲一拐杖打在黄龙身上，打得它鲜血直流。黄龙害怕了，眼看斗不过伏羲，赶紧朝东逃窜，拱到东边的大海里。

黄龙经过的地方，拱出一条弯弯曲曲的大沟，就变成了后来的黄河。

羿射九日

古时候天上有十个太阳，人们难耐高温。神射手羿力大无比，射掉了九个太阳，剩下现在的一个太阳，使温度适宜人们居住。

传说古时候，天空曾有十个太阳，这十个太阳跟他们的母亲、天帝的妻子羲和共同住在东海边上。她经常把十个孩子放在世界最东边的东海洗澡。洗完澡后，让他们像小鸟那样栖息在一棵大树上。因为每个太阳的外形都是鸟，所以大树就成了他们的家，九个太阳栖息在长得较矮的树枝上，另一个太阳则栖息在树梢上。当黎明需要晨光来临时，栖息在树梢的太阳便坐着两轮车，穿越天空，照射人间，把光和热洒遍世界的每个角落。十个太阳每天一换，轮流当值，秩序井然，天地万物一片和谐。人们在大地上生活得非常幸福和睦。人和人友好相处，生活在一起，日出而耕，日落而息。人和动物也和睦相处。那时候人们感恩于太阳给他们带来了时辰、光明和欢乐，经常面向天空磕头作揖，顶礼膜拜。

可是，这样的日子过长了，这十个太阳就觉得无聊，他们想要一起周游天空，觉得肯定很有趣。于是，当黎明来临时，十个太阳一起爬上双轮车，踏上了穿越天空的征程。这一下，大地上的人和万物就受不了了。十个太阳像十个大火团，它们一起放出的热量烤焦了大地，烧死许许多多的人和动物。而那些在大火中没有被烧死的人和动物，四下流窜，发疯似的寻找可以躲避灾难的地方和能救命的水和食物。

河流干枯了，大海也面临干涸，所有的鱼类也死光了，水中的怪物便爬上岸偷窃食物。农作物和果园枯萎烧焦，供给人和家畜的食物断绝了。人们不是被太阳的高温活活烧死，就是成了野兽口中食。人们在火海灾难中苦苦挣扎，祈求上苍的恩赐！灾祸还不限于此，窦窳、凿齿、九婴、大风、修蛇、封豨等凶禽恶兽也由于环境恶化、食物短缺，纷纷露出它们贪婪暴虐的本性，到处吞食人民。

人间帝王尧日日夜夜跪在祭坛上向天上的父亲祷告，声声呼救声上达天庭，震动着帝喾的耳膜。作为天帝的帝喾再也不能充耳不闻，放任不管了，他命令麾下最勇敢最年轻的武将神射手羿，到下界去剿灭横行的禽兽，捎带把小太阳吓回扶桑。

羿生得面若冠玉，眼若朗星，虎背猿臂，豹腹狼腰。他用帝喾所赐的彤弓、素箭武装起来，携妻子嫦娥降临凡界，在一座闷热的茅屋里拜会了愁苦的尧。从尧那儿他了解到罪魁祸首是那十个太阳，老百姓都在诅咒："毒日头啊，你什么时候才能毁灭呢？我们愿意与你同归于尽！"

羿爬过了九十九座高山，迈过了九十九条大河，穿过了九十九个峡谷，来到了东海边，登上了一座大山，山脚下就是茫茫的大海。羿拉开了万斤重的弓弩，搭上千斤重的利箭，瞄准天上火辣辣的太阳，"嗖"地一箭射去，一个太阳被射落了。羿又拉开弓弩，搭上利箭，"嗡"地一箭射去，同时射落了两个太阳。这下，天上还有七个太阳瞪着红彤彤的眼睛。羿感到仍很焦热，又狠狠地射出了第三支箭。这一箭射得很有力，射落了四个太阳。其他的太阳吓得全身打战，团团旋转。就这样，羿一支接一支地把箭射向太阳，无一虚发，射掉了九个太阳。中了箭的九个太阳一个接一个地死去。他们的羽毛纷纷落在地上，他们的光和热一点一点地消失了。直到最后剩下一个太阳，它怕极了，就按照羿的吩咐，老老实实地为大地和万物继续贡献光和热。

　　从此，这个太阳每天从东方的海边升起，晚上从西边的山上落下，温暖着人间。从此，人们安居乐业。

黄帝战蚩尤

炎帝和黄帝为争夺天地的帝王之位开战，最终在阪泉之野的大决战中，炎帝败退南方。但炎帝的麾下战神蚩尤不服，其借炎帝名号，挥师北上，在阪泉之野布下大阵，势要将黄帝打败。然则，黄帝棋高一着，蚩尤兵败被杀。

　　黄帝在成为威震四方的中央天帝之前，经过了许多规模宏大的战争，其中最大的战争发生在炎帝和黄帝之间。

　　当黄帝在北方逐渐强大起来时，炎帝早已是称雄南方的一方之帝。炎帝眼见黄帝日益强大，多次北上讨伐黄帝，两位一方之帝都想成为统治整个天地的帝王。黄帝与炎帝的最大一次战争发生在阪泉之野。黄帝率领十万神兵、十万人兵、十万鬼兵，以翱翔天穹的鹰、雕、鸷、鸢等凶禽作旗帜，以驰骋山野的虎、豹、熊、罴①等猛兽作前锋，在阪泉之野与炎帝的军队展开了一场大决战。两军刀兵相见，杀得血流成河，尸积如山。恶战一连打了三场，仁慈年迈的炎帝抵挡不住年轻气盛的黄帝，一溃千里，退到了遥远的海南边隅②。

---

　　①罴（pí）：棕熊。
　　②边隅：边境。

炎帝败退南方后，他的属下先后奋起，要为他们的君主复仇。首先兴兵讨伐黄帝的是炎帝的苗裔战神蚩尤。

蚩尤有八十一个兄弟，个个身高数丈，铜头铁额，四眼六臂，牛腿人身，满口钢牙铁齿，每日三餐吃的都是铁锭和石块。蚩尤的头上长着两只角，耳旁鬓发倒竖，坚硬锐利胜过钢枪铜戟，一头扎过去，神鬼难挡。

炎帝与黄帝决战阪泉之野时，蚩尤作为炎帝的武将随军听用。炎帝打了败仗，蚩尤不幸被俘，做了黄帝的臣仆，蚩尤被屈辱和羞耻深深折磨着，虽然在黄帝手下做事，可是从来没有忘记有朝一日杀了黄帝，为炎帝、为自己报仇。他和黄帝手下的风伯、雨师成了好朋友，并在风伯、雨师的帮助下逃回了南方。

蚩尤费尽口舌劝炎帝重整旗鼓，再去讨伐黄帝，无奈炎帝再也不愿重开战事，说："我教人们耕种土地，收获粮食，尝百草治疾病，是为了天下苍生能安居乐业。阪泉之战，十万生灵涂炭，已与我的初衷完全背离。我不忍心再让民众为我而死亡。"

蚩尤气得跺脚，离开了炎帝，回到部落，聚集了自己的八十一个兄弟，收编了山林水泽中的魑魅魍魉①，又召集了骁勇善战的三苗之民，借炎帝的名号，正式举起反抗大旗，指挥军队，向西北的黄帝统治地区进发。

蚩尤把战场选在了阪泉之野，布下了弥漫百里的云雾大阵，要在当年被打败的地方打败黄帝。

黄帝根本没有把蚩尤这个当年自己的手下败将放在眼里，任命力牧为前军大将军，风后为中军参谋，只率领三万兵马挥师南下，来到阪泉之野迎击蚩尤。

黄帝正扬扬得意，下令击鼓进攻。忽然，蚩尤阵中传来一阵阵尖厉怪

①魑魅魍魉（chī mèi wǎng liǎng）：传说中的妖怪。

异的嘶叫声，万里晴空顿时弥漫起浓浓迷雾，十步之外不见人影。士兵四处乱闯，不辨东南西北，甚至自相残杀。蚩尤的伏兵趁着浓雾掩护杀了过来。蚩尤的八十一个兄弟个个勇猛异常，横冲直撞，无人能敌。三苗之民穿戴怪异，手执藤牌利刃，左劈右砍，杀敌无数。魑魅魍魉时现时没，暗箭伤人，把黄帝的军队打得晕头转向，人仰马翻。

这场百里大雾足足笼罩了三天三夜，蚩尤的军队越战越勇，胜利在望。黄帝的士兵都感到绝望了，幸亏头颅巨大、身材细小的风后发明了指南车，黄帝的军队在指南车的指引下，向北突围，终于冲出大雾，摆脱了蚩尤的追杀，扎下营盘，计点兵马，损失了一半。黄帝急忙升帐，发出四道命令：追风使者速到凶犁土丘召应龙，逐电使者速去中央天庭召天女魃；十八神行太保奉旨分投三界，命天上、人间、幽冥各路诸侯快速增援；力牧率五千将士昼夜巡逻，严防偷营劫寨；风后领一万兵卒深掘沟堑，高筑壁垒，固守营寨，等待援军到来。

黄帝焦急地等了三天，援军终于陆续到来。最让黄帝高兴的是他高傲的女儿魃也前来报到。魃身穿一件青色的战袍，身高只有两三尺，脑门上光秃秃的，两只眼睛长到了头顶上。传说很早的时候，神、人、鬼三界评选宇宙最美、最丑小姐，魃不幸被列为宇宙第一丑女。魃由于身体、相貌条件都不好，到了婚嫁年龄还是无人上门提亲。她身为公主，又聪明能干，极其自负，总觉得自己被冷落了，心里窝着一肚子的火。经过年复一年的积蓄，她心中的火气越积越多，只要稍稍施发，就胜过喷涌而出的火山岩浆，破坏力、杀伤力大得惊人。

黄帝决定把与蚩尤决战的战场移到冀州地面，指挥着十八路诸侯，带领着十万大军在冀州摆下了阵势。黄帝先派出擅长蓄水行雨术的大将应龙，在冀州之北的大峡谷蓄起一大片水，准备在蚩尤行起大雾阵时，将积蓄的水变成大雨，用雨水来驱散大雾。

果然，蚩尤又摆起了大雾阵。应龙拍了拍巨大的翅膀飞到阵前，还来不及行雨，早在黄帝军中的蚩尤的朋友风伯、雨师反叛了黄帝，加入了蚩尤的阵营。风伯先施展神术，刮起了威力巨大的狂风，顿时飞沙走石，房屋被毁，大树连根拔起。接着，雨师发作，下起了瓢泼大雨，一时山洪暴发，迅速将应龙蓄水的大坝摧垮。应龙断了翅膀，向北逃命。十八路诸侯的军队见状也四散逃命，眼看黄帝又要大败了。就在这时，魃怒目圆睁，发出一声尖叫，出阵迎战。

魃将全身储备的热量通过口、鼻、眼、耳及四肢喷射出来，变成十一股熊熊烈火燃遍天地之间。顿时，狂风骤歇，暴雨立停，气温急剧上升，整个大地如同火焰山一般滚烫。

风伯、雨师的神术不再灵验，魑魅魍魉无计可施，蚩尤的八十一个兄弟也傻了眼。黄帝挥动进军红旗，十八路诸侯的大军浩浩荡荡杀了过来。蚩尤的军队大败，向南溃退。

魃帮助父亲反败为胜，取得了冀州之战的胜利，可是由于用力过猛，体内能量消耗殆尽，再也无力飞上天庭，只能留在人间。不过，魃所到之处，就会天干地燥，遭受大旱，庄稼枯死，火灾不断。因为，她的火气虽然不如以前那样大，但是，她体内还有残留的热量，一不如意，火气上攻，就要祸及四方。所以，魃就成了人们诅咒、驱逐的恶魔，被称为"旱魃"。

冀州之战蚩尤虽然战败，但是并未伤及元气。之后，他又多次发动对黄帝的战争，双方势均力敌，互有胜负。黄帝见一时不能打败蚩尤，就索性让军队稍作休整，自己带着将领们登上泰山商讨战胜蚩尤的办法。

一天傍晚，黄帝独自在泰山顶上欣赏晚霞，忽见一位人面燕身的仙女飘然而至。黄帝急忙上前行礼，那仙女微笑着说："我是九天玄女，特来教你兵法。"说完，把如何攻、如何守、如何布阵等种种神奇的兵法一一传授给黄帝，并把写有神奇兵法的天书留给了黄帝。

中国古代神话

黄帝得了九天玄女的天书，心中大喜，闭门三月潜心学习兵法，直到全部掌握。尔后，黄帝又得到一柄昆吾山赤铜铸造的青锋宝剑，接着，黄帝派儿子东海神禺号去捕捉夔。夔形体像牛，但头上无角，一只脚，全身青灰色，能发出巨大的声音，生活在东海深处。黄帝把儿子捕捉到的夔的皮剥下晾干，制成了一面战鼓。雷泽中的雷神打起雷来响彻云霄，能震破人胆。黄帝派天兵天将将雷神捉来杀死，抽出两根大腿骨做鼓槌。黄帝用雷神股骨做鼓槌，击打用夔皮蒙起的战鼓，发出的声音几百里内都震耳欲聋，威力巨大无比。

黄帝有了昆吾青锋剑、夔皮鼓、雷神骨鼓槌三件宝器，信心大增。他命令力牧率领一支军队佯攻牵制蚩尤，把蚩尤的主力引进包围圈。黄帝依照九天玄女传授的兵法训练军队，把各种作战套路都演练了一遍，摆下了一个十面埋伏之阵，单等蚩尤的军队进入埋伏圈。

蚩尤已多次打败过力牧率领的部队，这次力牧佯败而退，蚩尤没有防备，仍然紧紧追赶。

黄帝腰佩昆吾青锋剑雄赳赳气昂昂地立在阵前，身后，打鼓神铁胳膊手握雷神骨鼓槌站在夔皮鼓的后面。黄帝见蚩尤的军队全部进入包围圈，立即下令："擂鼓！"打鼓神铁胳膊挥动雷神骨鼓槌，由缓到急打起了夔皮鼓。开始时，鼓声还只是有些震耳，到后来，只听鼓点越来越急，越来越响。等到夔皮鼓打过三遍，三苗之民被鼓声震得七窍流血，魑魅魍魉被震得晕头转向，蚩尤兄弟也被震得手足发麻，握不住兵器。黄帝指挥大军杀过来，势不可当。黄帝把昆吾青锋剑挥舞得像车轮般飞转，蚩尤八十一个兄弟的铁额铜头纷纷像切草砍瓜似的被一一削落，魂归南天。应龙补好了翅膀，在空中张牙舞爪，发出阵阵怪叫，协助十八路诸侯的兵马把三苗之民、魑魅魍魉杀得血流成河，尸积如山。很快，蚩尤几乎到了全军覆灭的地步。

蚩尤孤身浴血奋战，突出重围，正准备逃回南方，应龙突然截住了他的去路。蚩尤怒目圆睁，猛地一头撞去，锐利的鬃发和铁额铜头把应龙的身子撞出一个巨大的口子。应龙顿时鲜血四溅，翅膀下垂，但他还是奋力向南方滑翔而去，慢慢地坠落在地上。

蚩尤虽然打败了应龙，但是黄帝的大军已经包围上来。蚩尤逃到黎山的地方，已是筋疲力尽。黄帝手下的猛士杀到，将蚩尤团团围住，用一排排挠钩把蚩尤拖翻在地，用十条铁索将蚩尤捆绑起来。黄帝下令将蚩尤斩首。

为了防止蚩尤日后成精作怪，黄帝又将蚩尤的身子和头颅分葬两处：一处在东平寿张的阚乡城，坟高七丈，坟顶时有红云升起，形状像一匹红色的锦帛，当地人称它为"蚩尤旗"；另一处在山阳巨野的重聚乡，坟墓的大小同阚乡城的一样。蚩尤身首分离，所以斩首的地方叫"解"。直到今天，解州还有一口大盐池，池里的卤水呈殷红色，人们称它为"蚩尤血"。据说黄帝杀蚩尤时怕他挣脱，不敢卸去手铐脚镣，直到蚩尤彻底死了，才卸下沾满血迹的枷铐抛在大荒之中的宋山上。后来，枷铐长成一大片枫树林，枷铐上的斑斑血迹化作了鲜红如血的枫叶。

月亮的阴晴圆缺

鲁布桑巴图立志为蒙古族的同胞们建造一种结实的房屋，可是房屋还设建好就被魔鬼砸得七零八落。鲁布桑巴图决心狠狠地教训它一顿，于是跋山涉水地寻找魔鬼。鲁布桑巴图一路上询问他人魔鬼的逃向，但是没人愿意告诉他，都怕殃及自身，只有纯真的月亮说出了魔鬼的藏身之处。

很久很久以前，在大岭山的草原上，有一个叫鲁布桑巴图的人，他见蒙古族的同胞们终年经受风沙的吹打、雨雪的袭击以及魔鬼的侵袭，便立志要为他们建造一种结实的房屋。

为了实现自己的这一愿望，办成这件造福于民的事，鲁布桑巴图骑着马走遍了高山林海，带着斧头在树林中砍伐最好的木材，又历尽千辛万苦将木材运回草原。他要用这些木材建造一座最宽绰而且最坚固的房屋。

房屋还在建造当中，有一天，鲁布桑巴图又去森林里选木材了。这个时候，有一个魔鬼从这里飞过，它看到鲁布桑巴图为了防范魔鬼的侵害才盖的房屋，十分生气，二话不说，马上动手开始搞破坏。一会儿的工夫，就把鲁布桑巴图还没有建完的房屋砸得七零八落。砸完之后，它担心鲁布桑巴图回来后不会放过它，便一溜烟地逃跑了。

当鲁布桑巴图选好木材回来的时候，看到自己辛辛苦苦建造的房屋完全被毁坏了，此时又正赶上来了一场特大的暴风雪，天寒地冻无处安身，他只好用选回来的木材搭成一个简易的房子让人们暂时住在里面，以躲过这无情的暴风雪。

人们都住下来了。鲁布桑巴图说："我建造的房屋是被谁毁坏的？"

人们说："就是那个怕你建好房屋，再也没有办法侵害我们的魔鬼。它砸坏房屋后，马上就逃走了。"

鲁布桑巴图一听，顿时怒火中烧，他骑上了自己的宝马，下定决心，就算是找遍天涯海角，也要把魔鬼找到，狠狠地教训它一顿，让它为自己的所作所为付出应有的代价。

鲁布桑巴图骑着他的宝马走过了许多高山峻岭，越过了无数的河流池沼，无论是无边的草原，还是深深的山谷，他都几乎找遍了，可是却连魔鬼的影子也没找到。因为魔鬼知道鲁布桑巴图是绝不会轻易放过它的，早就钻到山上的一个石头洞中躲藏起来了。

鲁布桑巴图找了很久也没有找到魔鬼，怎么办呢？恰好风婆婆从他的身边经过，他便向风婆婆说："尊敬的风婆婆，你见到魔鬼了吗？"

风婆婆停住脚，低下头想了想，对鲁布桑巴图说："我去过森林和原野，又刚从山谷的那边过来，我没有见过魔鬼，但你也不要灰心，你去问问彩云吧，也许她知道魔鬼的藏身之处。"

"好吧，尊敬的风婆婆，谢谢你了。"鲁布桑巴图又继续向前走去。

鲁布桑巴图见到了彩云大姐，于是走上前去问她："彩云大姐，请问你看见那个可恶的魔鬼从这里经过了吗？"

彩云大姐正低头忙着，听见有人问她，便抬起头来回答说："我一直在地上收集露水，哪能顾得上这个，我飘得很低很低，因此没有注意到魔鬼是否从这里经过。太阳在高空，你不妨去问问太阳公公吧！"

鲁布桑巴图便去问太阳公公："太阳公公，您老人家一直在高高的天空，有没有看到害人的魔鬼逃到什么地方去了？"

太阳公公笑呵呵地对鲁布桑巴图说："魔鬼刚过去，我正忙于照耀大地，以利于万物生长，没注意魔鬼跑到哪里去了，你去问问月亮姑娘吧！她晚上在天空中遨游，能够看到四面八方所发生的事情，一定会知道魔鬼的行踪的。"

"对，我去问问月亮姑娘。"鲁布桑巴图马不停蹄地又去找月亮姑娘。见到月亮姑娘，鲁布桑巴图问她，"月亮姑娘，你看到魔鬼到哪里去了吗？"纯真、诚实的月亮姑娘告诉鲁布桑巴图："我看见了魔鬼，它慌慌张张地逃到大山的石洞里去了。你骑上宝马朝着东边走就可以找到它了。"

"谢谢你，月亮姑娘。"鲁布桑巴图马上按照月亮姑娘指点的方向追去。很快，他来到一座大山的石洞门前。他把魔鬼从山洞里逼了出来，便和魔鬼打斗起来。只打斗了几个回合，魔鬼便被鲁布桑巴图打得没有还手之力了。

最后，魔鬼招架不住了，只好仓皇逃走。鲁布桑巴图知道魔鬼如果真的逃掉了，以后还会继续为非作歹，便骑着宝马追了上去。魔鬼逃到山谷遇到了风婆婆，它就面露凶相，问风婆婆："风老婆子，你肯定知道是谁把我躲藏的地方告诉鲁布桑巴图的，快点说出来，如果你不说的话，我就一口吞了你！"

风婆婆一看魔鬼的那副凶恶样，不免有些害怕，于是就把月亮姑娘说出魔鬼躲藏地方的事告诉了魔鬼。这下魔鬼对月亮姑娘可算是恨之入骨了，它飞向月亮姑娘。一看到月亮姑娘，就恶狠狠地向她怒吼了起来："好一个乳臭未干的小黄毛丫头，谁叫你将我躲藏的地方告诉了鲁布桑巴图？我非把你吞吃了不可。"

月亮姑娘一看魔鬼气势汹汹的样子，并不畏惧，也非常生气地怒视着魔鬼，她原本是一张金黄色的脸，一下子被魔鬼气得像银子一样苍白。

她大声斥责魔鬼："你这个可恶的家伙能把我怎么样！"魔鬼气得嗷嗷怪叫，上去把月亮姑娘抓住，就要往口里吞，却见鲁布桑巴图正从远处追赶而来。魔鬼害怕，没有等到全部吞进去，就又吐了出来，马上一溜烟地逃跑了。但它却没有死心，一有机会遇到月亮姑娘，还是会不断地吞食她。这就是月亮阴晴圆缺的由来。

启的诞生

启的父亲禹是一位天神，著名的治水英雄，启的母亲是涂山氏。有一次，禹治水，要打通辗辕山，就把自己变作一头熊，前来送饭的妻子，看见丈夫变成了熊，掉过头就往回跑，一口气跑到嵩山脚下，化作一块大石头。当时涂山氏已有身孕，禹痛苦流涕，这时石头突然裂开了，从里面生出个儿子，取名为"启"。

曾经在登封县的嵩山脚下，矗立着一块几丈高的巨石。不久，巨石开裂，从上面裂下来一块石头，就像一尊雕像站立在那儿，相传这就是大禹的妻子涂山氏变的。因为涂山氏的儿子叫启，所以后人都把这块巨石叫启母石。在离启母石不远的地方，还立着两根由大块方石头垒成的门柱，上边刻着打猎、农耕的浮雕[1]。这就是当时大禹的家门口，后人叫启母阙。

那时候，洪水横流。为了使人民安居乐业，大禹治水，跑遍了九州四野。在嵩山南面，西自龙门，东到禹县，有一条大河叫颖河。颖河一泛滥，两岸就变成一片汪洋，什么庄稼也不能生长。大禹为了把洪水排出去，就在登封县西北的䓖岭口（也叫辗辕山）一带，凿山治水。他打算把嵩山南面的洪水引进北面的路河，然后再让它流到黄河里去。

这一天，大禹来到䓖岭口附近一看，这里山势险峻，凿通䓖岭口的工程

---

①浮雕：雕塑的一种，在平面上雕出的凸起的形象。

十分艰巨。他为了尽快开通河道，在凿山时，就变成一头巨大的黑熊。这样一来，大禹不论翻山越岭，掘土运石，引水导洪，都非常雄健有力。

大禹每天忙着开山凿石，没工夫回家。

他顾不上吃饭，就叫妻子涂山氏给他送饭。他为了不让妻子知道自己变熊的事儿，就跟妻子约定：只要她听见敲鼓的声音，就去给他送饭。涂山氏知道丈夫辛苦，就按照他的嘱咐办事。每天，当她听到"咚咚"的鼓声时，就赶快撑着木筏子，把饭送到大禹开山的工地上去。这样，夫妻两人虽说都很辛苦劳累，但心里很快活。

有一天，大禹在山坡上行走的时候，一不留心，脚下踩动的几块石头从山上滚下来，刚好掉在鼓面上，发出了"咚咚"的响声。大禹因为忙，走得急，也没在意，只管上山去了。

涂山氏一听到鼓声，心里纳闷：今天丈夫为什么吃饭早了呢？大概是特别累，饿得也快了吧！于是，她就赶快把饭做好，急急忙忙撑着木筏子给大禹送饭去了。

谁知道，当她来到山坡前，左等右等，也不见大禹回来，她就往山上爬去。她来到山上向下一看，只见有一头大黑熊，正在山下用力凿石推土，开挖河道。它把头往前面一伸，腰向下一弓，两腿一蹬，伸出两条巨臂，用力朝山岩上一推。"轰隆隆"一声巨响，山石塌下了一大片，倒在水里，溅起几丈高的浪花。大黑熊这才直起腰来，看看新开出来的山口，乐得眉开眼笑。

这时，涂山氏一见，却大吃一惊，心想：自己的丈夫大禹，怎么是一头大黑熊呀？平时自己为什么没有发现呢？一时间，她不知道怎么办好，就提起饭篮赶快往家跑。一路上，她又羞又急又气。当她快到家门口时，心里一阵难过，几乎晕倒。她勉强支撑住，往家门口的山坡上一站，就变成了一块石头。

再说那只大熊，到晌午了，又变成原来的样子。大禹伸展下胳膊，抖抖身上的灰土，来到大鼓跟前，敲起鼓来。可是，他敲敲、等等，等等、敲敲，好久也不见妻子送饭来。他想，一定是出了事，就赶紧往家走。

大禹回到家里，里里外外找不着妻子，只见家门口的山坡上，多了一块巨大的岩石，旁边还放着一篮饭。大禹这才明白：原来妻子已经变成岩石了。

这时，大禹后悔不该把自己变熊的事儿瞒着妻子。他又想：妻子已经怀孕很久了。这一来，咋办呢？我没有儿子，谁来跟我继续治水呢？

想到这里，他就急匆匆地走到巨石前面，用颤抖的嗓音大声喊道："孩子他娘啊！你就这样离开我了吗？你要把儿子交给我呀！"大禹的声音，在深谷中回荡着。

突然，"轰隆"一声响，这块巨大的岩石裂开了。从巨石裂开的地方，跳出了他的儿子。大禹一见，急忙亲切地把儿子抱了起来。后来，这孩子长大了，大禹就给他起名字叫"启"。

许多年以后，大禹终于凿通了萼岭口，颍河两岸的洪水就顺着洛河流到黄河里去了。老百姓也开始在这里定居下来，开荒种地过日子。

中国古代神话
ZHONGGUO GUDAI SHENHUA

颛 顼

颛顼是中国上古时期的部落联盟首领之一。他被后世尊为"帝"，列入"五帝"。颛顼继承黄帝衣钵之后，不根据百姓的生活实际来推行新政策，反而作威作福，他的孩子们也顽劣恶毒，导致人神共愤，天下大乱。

黄帝晚年，以仙人广成子、容成公为师，用顺其自然的方法，使三界大治，功成名就，遂生退隐之心。他派遣夫役开采首山铜矿，在荆山下铸造宝鼎。宝鼎铸成的那天，天外飞来一条巨龙，垂下龙髯（rán）相迎。黄帝将主宰神的宝座传给了他认为很能干的曾孙颛顼，自己乘龙飞往九重天外，随他同行的朝中大臣、后宫夫人共有七十多位。其余大臣攀着龙髯还想爬上去，结果龙髯被扯断，大臣们纷纷跌下来。跌落的大臣望着远去的黄帝哭了七天七夜，流下的眼泪淹没了宝鼎，汇成了大湖，后人称此湖为鼎湖。

继位的颛顼乃北方水德之帝，他的爷爷是黄帝和嫘祖[1]的二儿子昌意。昌意在天庭犯了过错，被贬谪到凡界的若水，生下了韩流。韩流的模样委实古怪：细长脖，小耳朵，人脸，猪嘴，麒麟身，双腿并在一块儿，下面长着一对猪蹄。韩流娶淖子氏的女儿阿女为妻，生下颛顼。颛顼的长相，与他的父

---

①嫘祖（léizǔ）：传说中黄帝的妻子，发明养蚕。

亲也大体相似。

颛顼自幼受叔父少昊的熏陶，特别爱好音乐。他听到八方来风掠过大地发出的声音，十分悦耳，便让八条飞龙仿效风声而长吟，命名为《承云曲》，专门用来纪念黄帝。他又突发奇想，令扬子鳄做音乐的倡导者。扬子鳄鸣声如鼓，背上披有坚厚的鳞甲，成天躺在池沼底部的洞穴内睡觉，对音乐向来生疏，受了主宰神的委派，怎敢怠慢，只得乖乖地翻转笨重的身躯仰卧，挥动粗大的尾巴敲打鼓凸的灰肚皮，果然嘭嘭作响，声音嘹亮。人间受到颛顼的影响，用扬子鳄的皮来蒙鼓，这种鼓很贵重，叫鼍（tuó）鼓。

初登主宰神位的颛顼，所做的第一件大事是将原本不停运转的太阳、月亮和星星都牢牢拴在天穹的北边，固定在北方上空，这么一来，他的根据地北方三十六国永远光辉灿烂，相反，东、南、西方诸国则永远漆黑一团，百姓伸手不见五指，生活异常不便。

颛顼所做的第二件大事是隔绝天和地的通途。在他执掌三界大权之前，天、地虽也分开，但距离较近，并且还有天梯相通，这天梯即是各地的高山与大树。天梯原为神、仙、巫而设，人间的智者、勇士，也能凭着智谋和勇敢攀登天梯，直达天庭。那时候，凡人有了冤苦之事，可以直接到天上去向天帝申诉，神亦可以随时至凡界游山玩水，人与神的界限不是很明确。颛顼继承黄帝做了主宰神，把蚩尤领导苗民造反之事作为教训，他考虑到人、神杂糅混居弊多利少，将来难保没有第二个蚩尤下凡煽动世人上天与他作对，为此他命令孙儿重和黎去把天地的通路截断，让人上不了天、神下不了地，大家虽然丧失了自由往来的便利，却能维持宇宙秩序，保证安全。

大力神重和黎接旨，运足了力气，一个两手托天，一个双掌按地。吆喝一声，一齐发力，托天的尽力往上举，按地的拼命向下压，天渐渐更往上升，地渐渐更向下沉。本来相隔不远的天地就变成现在这样，遥遥而不可及了，高山、大树，再也起不到天梯的作用了。从此，托天的重专门管理天，

中国古代神话
ZHONGGUO GUDAI SHENHUA

中国古代神话
ZHONGGUO GUDAI SHENHUA

按地的黎专门管理地。黎到了地上还生下个名叫噎的儿子，噎没有手臂，两只脚翻转上去架在头顶，他住在大荒西极日月山上，这座山乃天门之转轴。他的职责是帮助父亲考察日月星辰运行的先后次序。

自从截断了天和地的交通，天上的神还能腾云驾雾私下凡界，地上的人却再也无法登上天庭，人、神间的距离，一下子便拉得很远很远。神高高在上，享受着人类的祭祀，而人有了痛苦和灾难，却上天无路，神也完全可以不闻不问，任人类受苦受难。

颛顼自己作威作福，还生出了许多鬼儿子危害人类：三个死掉的儿子，一个变为疟鬼潜伏在长江，传染疟疾病菌，害得人发寒热；一个变为貌似童子的魍魉隐匿在若水，夜间施展迷惑人的鬼蜮伎俩，引诱行人失足坠河；一个变为小儿鬼躲藏在人家的屋角，暗中惊吓小孩，使之惊吓、哭号。另有一个儿子骨瘦如柴，生来爱穿破衣烂衫，爱吃稀粥剩饭，正月三十死于陋巷，成了穷鬼。凡人最怕穷鬼上门，千方百计要送走他。送穷鬼的日子是农历正月二十九，常见的方式是打扫屋子院落，把扫出来的垃圾当成穷鬼，或投之流水，或倾倒街头，有的还在垃圾堆上插炷香，放三个花炮，俗称"崩穷鬼"。唐朝文人韩愈曾作《送穷文》说："三揖穷鬼而告之曰：'闻子行有日矣。'"

有一个名叫梼杌（táowù）的怪兽，也是颛顼的儿子。它有人的面孔，老虎的身躯和利爪，野猪的嘴巴和獠牙；它披着三尺多长的狗毛，连头带尾足有一丈八尺长。它在西方的荒野里横行霸道，过路人一提起它来就惊怖失色。

颛顼和他的鬼儿子、兽儿子们，再加上一大批兴妖作祟、招灾引祸的山精水怪，把黄帝留下来的太平盛世搅得乱七八糟，不过数载，就爆发了以水神共工为首的天神大起义。

尧王嫁女

尧王决定将两个女儿嫁给舜为妻，但尧的妻子想让自己的亲生女儿女英为正夫人。于是，尧王给姐妹二人出了三个考题，胜者为正。所幸姐妹二人手足情深，两人齐心协力，一同辅佐舜治理天下。这就是我国历史上传为佳话的"尧之二女，舜之二妃"。

尧王有两个女儿，大女儿娥皇是养女，小女儿女英是尧王亲生的。尧王很喜欢他的两个女儿，每次出巡，总是带着她们一起去。

尧王经过多次考验，觉得舜是个可靠的人，就将帝位禅让给他，又决定将两个女儿嫁给舜为妻。

娥皇和女英要同时嫁给舜，姐妹二人心里都很高兴。唯有尧妻心存一桩愁事，她总想让自己的亲生女儿女英为正夫人，让养女娥皇为偏房，尧王坚决反对。尧王出了三道考题，以才定先，能者为师，智者为导。尧妻只好同意。

第一道考题：煮豆子。

尧王给两个女儿各十粒豆子，五斤柴火，先煮熟者胜。

姐姐娥皇长年做饭，很有经验。锅内只倒了少量水，一会儿就煮熟了，柴还有余。妹妹女英却相反，盛了一满锅水，水多柴少，柴火烧尽，水还未

中国古代神话
ZHONGGUO GUDAI SHENHUA

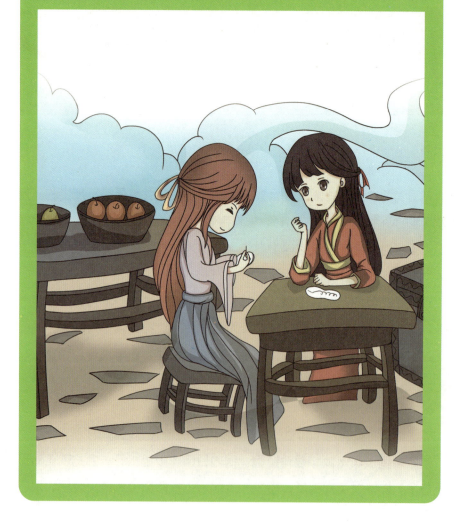

热，当然豆子更谈不上熟了。尧妻心里不好受，嘴里却无法说。

第二道考题：纳鞋底。

尧王笑着让妻子取来一双鞋底和两把绳子，分给两个女儿，每人一只鞋底和一把绳子，谁先纳成，谁就为胜。姐姐娥皇常纳鞋底，既熟练又有窍门。她把长绳子剪成短节，纳完一根再纳一根，不到半天工夫，一只鞋底就纳成了，还纳得平平展展，又好看又结实。女英用长长的一根绳子纳，很费劲，绳子不时打结，半天下来鞋底的一半都没纳好，还是歪歪扭扭，针脚也稀，又不平展。尧王不言语，尧妻心里非常生气，暗暗盘算，准备对策。

临出嫁动身之前，尧王又出了第三道考题：比谁快。先到历山坡舜的住地者为胜。

这时尧妻说话了："娥皇是姐姐，理应坐马车，三马一车有排场。女英是妹妹，理应骑走骡，单人骑骡更一般。"尧王明知有偏，想据理力争，可是出嫁的时辰已到，来不及了，只得按照妻子的想法来。

妹妹女英骑走骡，抄小路飞快跑，姐姐娥皇坐马车慢慢前进。事有凑巧，女英走到半路，走骡突然下驹了，气得女英骂道："该死的骡子，偏在这时候下驹，真误我的大事，以后别下驹了。"所以，骡子从此再不下驹。骡子下驹的地方，也因此得名为"落驹村"。

这时，娥皇的马车也赶到了。娥皇见妹妹急成这模样，知道出事了，立即下车把女英拉上马车，一同奔向历山坡。

舜和娥皇、女英成亲后，对两个妻子百般疼爱，没有偏正之分。姐妹两人也齐心协力辅佐舜治理天下，做了许多有利于人民的事情。

仓颉造字

黄帝分派仓颉专门管理圈里牲口的数目、屯里食物的多少。为管理方便，仓颉开动脑筋，从兽类脚印中找到了灵感，用符号来表示要管理的东西，这种符号就成了文字的雏形。

"仓"姓，其意是"君上一人，人下一君"。

相传仓颉在黄帝手下当官。那时，当官的和平常人一样，只是分工不同。黄帝分派他专门管理圈里牲口的数目、屯里食物的多少。仓颉这人挺聪明，做事又尽力尽心，很快就熟悉了所管的牲口和食物，心里都有了谱，难得出差错。可慢慢的，牲口、食物的储藏在逐渐增加、变化，光凭脑袋记不住了。当时又没有文字，更没有纸和笔。怎么办呢？仓颉犯难了。

仓颉整日整夜地想办法，先是在绳子上打结，用不同颜色的绳子，表示不同的牲口、食物，用绳子打的结代表每个数目。但时间一长久，就不奏效了。这增加的数目在绳子上打个结很方便，而减少数目时，在绳子上将一个结解开就麻烦了。仓颉又想到了在绳子上打圈圈，在圈子里挂上各式各样的贝壳，来代替他所管的东西。增加了就添一个贝壳，减少了就去掉一个贝壳。这法子挺管用，一连用了好几年。

黄帝见仓颉这样能干，叫他管的事情愈来愈多，年年祭祀的次数，回回狩猎的分配，部落人丁的增减，也统统叫仓颉管。仓颉又犯愁了，凭着添绳子、挂贝壳已不抵事了。怎么才能不出差错呢？

　　这天，他参加集体狩猎，走到一个三岔路口时，几个老人为往哪条路走争辩起来。一个老人坚持要往东，说有羚羊；一个老人要往北，说前面不远可以追到鹿群；一个老人偏要往西，说有两只老虎，不及时打死，就会错过了机会。仓颉一问，原来他们都是看着地上野兽的脚印才认定的。仓颉心中猛然一喜：既然一个脚印代表一种野兽，我为什么不能用一种符号来表示我所管的东西呢？他高兴地拔腿奔回家，开始创造各种符号来表示事物。果然，他把事情管理得头头是道。

　　黄帝知道后，对仓颉大加赞赏，命令他到各个部落去传授这种方法。渐渐地，这些符号的用法推广开了，就这么形成了文字。

　　仓颉造了字，黄帝十分器重他，人人都称赞他，他的名声越来越大。仓颉头脑就有点发热了，眼睛慢慢向上移，移到头顶上去了，什么人也看不起，造的字也马虎起来。这话传到黄帝耳朵里，黄帝很恼火。他眼里容不得一个臣子变坏。怎么叫仓颉认识到自己的错误呢？黄帝召来了身边最年长的老人商量。这老人长长的胡子上打了一百二十多个结，表示他已是一百二十多岁的人了。老人沉吟了一会儿，就独自去找仓颉了。

　　仓颉正在教各个部落的人识字，老人默默地坐在最后，和别人一样认真地听着。仓颉讲完，别人都散去了，唯独这老人不走，还坐在老地方。仓颉有点好奇，上前问他为什么不走。

　　老人说："仓颉啊，你造的字已经家喻户晓，可我人老眼花，有几个字至今还糊涂着呢，你肯不肯再教教我？"

　　仓颉看这么大年纪的老人都这样尊重他，很高兴，催他快说。老人说："你造的'马'字、'驴'字、'骡'字，都有四条腿吧？而牛也有四条腿，你造出来的'牛'字怎么没有四条腿，只剩下一条尾巴呢？"

仓颉一听，心里有点慌了：自己原先造"鱼"字时，是写成"牛"样的；造"牛"字时，是写成"鱼"样的。都怪自己粗心大意，竟然教颠倒了。

老人接着又说："你造的'重'字，是说有千里之远，应该念'出远门'的'出'字，而你却教人念成'重量'的'重'字。反过来，两座山合在一起的'出'字，本该为'重量'的'重'字，你倒教成了'出远门'的'出'字。这几个字真叫我难以琢磨，只好来请教你了。"

这时仓颉已羞愧得无地自容，深知自己因为骄傲铸成了大错。这些字已经教给各个部落，传遍了天下，改都改不了。他连忙跪下，痛哭流涕地表示忏悔。

老人拉着仓颉的手，诚挚地说："仓颉啊，你创造了字，使我们老一代的经验能记录下来，传下去，你做了件大好事，世世代代的人都会记住你的。你可不能骄傲自大啊！"

从此以后，仓颉每造一个字，总要将字义反复推敲，还会拿去征求人们的意见，一点也不敢粗心。一个字大家都说好后，他才定下来，然后逐渐传到每个部落去。

相传，仓颉造字成功后，发生了一件怪事，那一天白日里竟然下粟如雨，晚上听到鬼哭魂嚎。为什么下粟如雨呢？因为仓颉造成了文字，可用来传达心意、记载事情，自然值得庆贺。但鬼为什么要哭呢？有人说，因为有了文字，民智日开，民德日离，欺伪狡诈、争夺杀戮由此而生，天下从此永无太平日子，连鬼也不得安宁，所以鬼要哭了。

中国古代神话

ZHONGGUO GUDAI SHENHUA

烛龙圣神

自从盘古开天辟地以后，春夏秋冬不分，昼夜无别。这个时候，烛龙为了让人们生活平静安乐，用自己的力量让四季更替，循环往复，运转不停。他就这样无休止地为人类工作着，造福世间万物。

自从盘古开天辟地以后，宇宙便有了江河湖海、日月星辰。世界变得丰富、绚丽多彩了，可是新的问题又出现了。可能因为太阳、月亮刚诞生不久，所以性格还不稳定，它们仿佛一对顽皮的孩子，一会儿在平原上奔跑，一会儿在高山上飞行，一会儿在森林里穿梭，一会儿又跳入大海。整个世界毫无规则和秩序。这个时候，宇宙间又出现了一个巨大的神。他居住在西北海之外、赤水以北的章尾山上，名字叫"烛龙"。

烛龙圣神长得非常奇特，头是人的面孔，身子却是一条长长的大蛇。他的两只眼睛像橄榄一样倒立着，十分明亮。只要一睁开，宇宙间就被照得如同白日一般；眼睛一闭，夜幕便笼罩了大地。他就这样睁闭开合，无休止地为人类工作着。他呼一口气，夏天便来临了；吹一口气，大地便被冰雪覆盖了。一年四季便在这有节奏、有规律的一呼一吸中循环往复，运转不停。

烛龙圣神从不吃喝，就这样不知疲倦，永无休息。有时他看到地上的人

中国古代神话

们遭灾，便流下同情的泪水，这泪水一落到人间，就变成了雨水，滋润着宇大地万物的生长。

此外，烛龙圣神还常常口衔蜡烛，为天地间照亮，人们都非常喜欢这位无私奉献的神。

中国古代神话
ZHONGGUO GUDAI SHENHUA

啄木鸟的来历

啄木鸟是著名的森林益鸟，它吃食的害虫，主要有天牛幼虫、金龟甲、蚂蚁等。因为啄木鸟的主食是害虫，对防止森林虫害、发展林业很有益处，所以大家都叫它们是"森林医生"。那么，"森林医生"在神话传说中又有怎样一段传奇经历呢？

黄帝时代有三大神医：俞跗、雷公与岐伯。俞跗擅长治疗外科疾患，能把人的心、肝、脾、胃全部翻出来洗个干净；而雷公与岐伯则精通内科与经络之学，对症下药，辨证施治，有一整套独到的治疗手段。这三个人都非常受黄帝的器重，黄帝生病都要找他们治疗。

三人之中的雷公，最拿手的是对草药的辨别与应用。雷公家中专门有一个小童子负责上山采药，人们都称他为"采药使者"。

传说雷公的这个采药使者非常聪明，加之长期跟随雷公，日久天长便也学到了许多医药知识，尤其是对各种草药的辨别及其功能都有独到的见解。他为人谦逊，从不卖弄。人们都很喜欢他。

有一天，雷公的草药不多了，便派采药使者上山采药去了。采药使者在山上忙乎了一天。天已渐晚，可是，不知怎么搞的，采药使者在山上突然迷路了。无论怎么走都走不出这片大森林，他非常着急。天渐渐黑了，他既怕

中国古代神话

ZHONGGUO GUDAI SHENHUA

雷公缺少草药，又担心自己无法走出这片森林，情急之下，竟变成了一只啄木鸟。

　　我们知道，啄木鸟是森林的卫士、树木的医生。这个采药使者变成啄木鸟后，便每天趴在树干上，用它那长而尖的嘴啄食树木中的害虫，为树木治病，变成一名树木的医生了。

啄木鸟的来历

春神句芒

句芒是掌管民间农业和春季树木发芽的春神，它在古代的民间是一个十分重要的神灵，每年春天，百姓都会祭祀这位神灵。

在中国古代，立春日祭祀春神已约定俗成。春神叫"句芒"，本名重，长着人的面孔、鸟的身子，拥有高强的法术。

春天，是草木萌生、生机勃发的季节，而"句芒"二字的意思就是草木生长、弯弯曲曲、角角杈杈。春天又代表了生命，是生机盎然、生物繁衍的季节，因此句芒又被后人尊奉为"主司生命之神"。他可以主宰人的寿命，掌握人们的生死。

相传，春秋五霸之一的秦穆公，有一次到祖庙去祭拜。正当中午时分，他看见一位长相奇特的神人从庙堂的正门走进来，心里很害怕，抬起腿就向门外跑去。

那大神说："你不要害怕，你治理国家有功，天帝派我来赐寿给你。"

秦穆公连忙上前再次行大礼跪拜感谢，并问道："请教大神姓名？"

那位神仙说："我叫句芒，是东方掌管树木的神灵。"由于秦穆公是

中国古代神话
ZHONGGUO GUDAI SHENHUA

个贤明的好君主，天帝看到他德行很好，便叫春神句芒给他增加了寿命，于是，秦穆公比他原定的寿数多活了十九年。

　　向来，历朝历代的君主们便都在立春这天祭祀这位句芒神，祈求这位大神保佑百姓安康、国家太平，同时也希望自己健康长寿！

ZHONGGUO GUDAI SHENHUA

中国古代神话

伶伦始作音乐

伶伦，黄帝乐官，是发明律吕据以制乐的始祖。伶伦模拟自然界的凤鸟鸣声，选择内腔和腔壁生长匀称的竹管，制作了十二律，暗示着雄鸣为六，是六个阳律，雌鸣亦六，是六个阴吕。

传说凤岭是落凤凰的地方。当年黄帝命伶伦作乐律，伶伦取懈谷之竹，先用其中厚薄均匀的做成竹管。

开始，吹出来的音调没有阴阳之分，根本不成音律。人们讽刺伶伦说："你吹的那竹管，不听则罢，一听都把野兽给吓跑了。"

有一次黄帝正在练习骑马，刚跨上马背，忽然传来伶伦吹竹管发出的怪叫声。黄帝的马听到这种怪音，吓得四蹄腾空，仰头嘶叫，把黄帝从马背上摔下来。伶伦赶快跑过去把黄帝扶起来，黄帝对伶伦说："你制的这个小竹管能把我的马吓惊，可见很不简单，将来你一定能吹出好听的音律来。"

伶伦听到黄帝的鼓励，惭愧地对黄帝说："我三年没有制成音律，这已是很大的罪过，您还这样鼓励我。"

黄帝说："话不能这么讲，一根普通的竹管，上面钻了几个小孔，就能吹响，这就是你的发明和功劳，怎能说是'罪过'呢？"说完，便牵着马走了。

在黄帝的鼓励下，伶伦更加信心百倍，整天苦练，但仍然吹不出和谐的音调来。

有一天，伶伦独自一人来到凤岭，躺在一块石头上冥思苦想，不知不觉睡着了。当他睡得正香时，忽然被树上一阵美妙的鸟声唤醒。伶伦马上坐起来，揉了揉眼睛，仰头一看，只见树上落着两只羽毛美丽、体形优美的鸟在鸣叫，声音婉转悠扬，十分动听。伶伦屏气凝神，细心倾听，而且情不自禁地拿起自制的竹管，模仿鸟的叫声吹了起来，正吹得起劲时，两只鸟突然停止了鸣叫，展翅飞走了。伶伦急得又是跺脚，又是招手。可是，鸟已经飞得无踪无影了。

伶伦回去后把此事报告黄帝，又把他学来的半生不熟的鸟叫声，断断续续地给黄帝吹了一遍。黄帝听后高兴地说："这种鸟叫凤凰，是鸟中之王。你能招来凤凰，这正是吉祥之兆。"

从此，人们便把凤凰停息的地方叫作"凤岭"。伶伦每天来到凤岭，坐在一块大石头上，专等凤凰来鸣叫。果然，凤岭树林里不断有凤凰栖落。不过，落在这里的凤凰，不一定都鸣叫。伶伦经过长时间观察发现，在鸣叫的凤凰中，凤的鸣叫声音激情昂扬，凰的鸣叫声音柔和悠长。每对凤凰栖落后，一次各鸣六声，然后，连声合叫一遍，就飞走了。

伶伦根据凤凰鸣叫的两个六声，经过长时间的揣摩、推敲，终于创制出十二音律，受到了黄帝的赞扬。在此之后，伶伦又将各种飞禽走兽的叫声都一一记录下来，不断丰富他所创制的音律。

中国古代神话
ZHONGGUO GUDAI SHENHUA

神荼和郁垒

神荼和郁垒是中国古代传说中的两位门神。神荼一般位于左边门扇上，身着斑斓战甲，面容威严，姿态神武，手执金色战戟；郁垒则位于右边门扇上，一袭黑色战袍，神情显得闲适，两手并无神兵或利器，只是探出一掌，轻抚着坐立在他身旁巨大的金眼白虎。

神荼、郁垒是中国古代传说中的两位门神，百姓将两人的图像贴在门上，可以防止恶鬼进门。那么，神荼、郁垒怎么会成为百姓用来防避恶鬼的门神呢？

传说在广阔无边的大海中，有一座神山，名叫度朔山。度朔山有一棵枝叶繁茂的大桃树。这棵树的东北角，就是鬼门了。在这棵桃树上住着两位神人，一位是神荼，另一位就是郁垒。

神荼、郁垒的职责是：每天站在那里检阅和统领天下万鬼，凡是发现在世间为非作歹的鬼，就把他们用苇索捆绑起来，拿去喂老虎。

神荼、郁垒本是天上的神人，不可能随时下凡来主宰人间事物，而有些恶鬼偏偏会找空隙到人间作恶。为防止人类遭受恶鬼的蹂躏，黄帝便制定了一种典礼，让百姓在屋子当中立下一个小桃木人，门户之上再画上神荼、郁垒和老虎的形象，用这些东西来抵御凶邪，吓跑偷偷溜到人间做坏事的恶鬼们。

这种做法一直被延续下来，至今在我国还有将神荼与郁垒贴在门上以求避邪的风俗。

始祖伏羲

伏羲，华夏民族人文先始，三皇之一，亦是与女娲同为福佑社稷之正神。楚帛书记载其为创世神，是中国最早的有文献记载的创世神。相传伏羲人首蛇身，他根据天地万物的变化，发明创造了占卜八卦，创造文字结束了"结绳记事"的历史。他又结绳为网，用来捕鸟打猎，并教会了人们渔猎的方法，发明了瑟，创作了曲子。伏羲称王一百一十一年以后去世，留下了大量关于伏羲的神话传说。

传说在中国西北部，有一片极乐世界，那里有一个华胥国，这是一个充满神秘色彩的国度。就人的体力来说，不论你是坐车还是乘船，你都没有办法到达那里。只有神灵，因为他们拥有神异能力，才能够去那么遥远的地方。华胥国没有国王和任何一级的领袖，大家都顺其自然地生活在一起。华胥国人没有贪婪的私欲，生活快乐自足，都过着乐天知命、率性而为的生活。他们不会因为活着而沾沾自喜，也不会为了死亡而忧心忡忡，所以每个人的寿命都很长。由于华胥国的人们都能以一种天然纯朴的方式安身立命、待人接物，真正做到了心无杂念地生活，所以，他们同周围的环境以及大自然达到了水乳交融的境界。而且他们都有超于常人的能力，能自由来去于水火中，不会被溺死或者烧死。他们在天空行走如履平地，云雾不能阻碍他们的视线，雷鸣电闪不能干扰他们的听力。

伏羲的母亲是华胥国的女子，名叫华胥氏。华胥氏从小就生活在条件优越的国度里，因而有着雍容华贵的气质和魅力。她每天都在天地之间游历名山大川，欣赏奇妙瑰丽的自然风光。

有一次，她去东方一个名叫"雷泽"的大沼泽游玩，偶然看见沼泽边有一个巨人的脚印，由于这个脚印大得出奇，华胥氏觉得很有意思，就好奇地将自己的脚踩了上去。谁知她刚一踩下，身子忽然有一种异样的感觉，腹中悸动了一下，后来经过十月怀胎，就分娩出一个儿子，叫作伏羲。

伏羲的父亲就是那个留下巨大脚印的神。他是"雷泽"的主人，人头龙身，半人半兽。伏羲天生异象，长有人的头、蛇的身子，从小就很有神力。这种神力就是源自于他的父亲。伏羲很小的时候就能沿着天梯自由来去天上和人间。

连接神和人的天梯其实就在高峻巍峨的昆仑山顶上。有一株名叫"建木"的大树，这株树不知有多高，紫褐色的树干直插九霄云天。这棵树也十分的神奇，它长在西南的都广之野，据说那里是天地的中心，一年四季生长着各种果实，各种祥瑞的飞禽走兽都聚集在一起。"建木"是其中最引人注目的。它细长的枝干笔直地升入云霄，两旁没有多余的枝丫，只在树的顶端生出了如同伞盖一样的相互缠绕的枝条。如果轻轻拉一拉它的枝条，就会有绵软的树皮掉下来，像缨带又像黄蛇。这位于天地中央的"建木"，就是诸位天帝上天入地的梯子。

伏羲长大后当了东方的天帝。既然是万民之王，他就理所当然地要为天下黎民苍生谋取福利，为改善人民的生存条件而体现自己的王者智慧了。那个时候，人们都是靠打猎、捕鱼和采集野果为生的，那么，大自然的四季变换和恶劣的自然环境，使得人们不能每时每刻都可以获得稳定的食物来源，因此伏羲就开始为人们寻求出路了。他试着用绳子交叉打结，渐渐地形成了一个网状的东西，用它在水里捕鱼，效率大大提高了。伏羲又触类旁通地把它运用到捕鸟上面。

中国古代神话
ZHONGGUO GUDAI SHENHUA

这样的打猎方式，不仅扩大了食物的来源，而且丰富了食物的种类。在食物的来源相对稳定之后，伏羲又发明了新的烹饪方法，改变了人们的饮食习惯，使得食物更易于被人体消化和吸收。

伏羲既是一位圣明的天帝，也是一位了不起的文化始祖。他上知天文、下懂地理，学习神明的德行，熟悉人间万物的自然法则。他发明了八卦，用乾这种符号代表天，坤代表地，坎代表水，离代表火，艮代表山，震代表雷，巽代表风，兑代表泽。伏羲教人民用这几种符号记载万事万物，代替以前的结绳记事；让人民利用八卦进行占卜吉凶，希望得到神意的显示。除此之外，他还效法蜘蛛结网，把绳子编织成网，教人民捕鱼打猎；与女娲共同发明琴瑟，创作乐曲，用于礼仪、宗教、占卜、巫术等活动；制定姓氏，将人们分为不同的氏族，他自姓为风氏。他的众多举措开启了人类最早的文化活动，使先民从蛮荒转入了早期文明。诸如此类，都可以说明，我们的始祖伏羲对人类所做的贡献，不仅仅局限于生存的物质层面，他同样也对人类的精神文明的进程，做出过同样不可磨灭的贡献。

作为第一个替天牧民的帝王，伏羲在他年老之后，主动禅让王位给后来的有能力的人。他也成为东方的天帝，同春神句芒一起治理着东方一万二千里的地方，掌管着一年四季中繁花似锦的春天。另外，伏羲集中了当时人们喜爱的几种动物特征，创造了综合马头、鹿角、蛇身、鱼鳞、鹰爪、鱼尾等许多动物特征的综合体，称之为"龙"，并自称"龙师"。从此，龙成了华夏族图腾，中华民族始称龙的传人。

灶神穷蝉

灶神又称灶王爷，灶君，灶君司命。中国民间传说灶神每年腊月二十三日或二十四日要上天汇报，正月初四日返回人间。灶神是神话传说中等级最低的地仙。

过去，每年农历腊月的二十三日或二十四日，农村都要过小年。这一天人们要做的事情，就是祭祀灶王爷。

灶王爷名叫穷蝉，传说他也是颛顼大帝的儿子。他去世后，被天帝封为灶神。灶神掌管炉灶后，人类才告别了茹毛饮血的原始岁月，在人类社会的文明历程中，灶神居功至伟，所以人们敬重他。但是灶神还有另外的一个身份，就是人类生活的纪律监督员，谁家干点什么坏事，只要他往天帝那里一奏报，做坏事的都会遭到报应。

穷蝉做了灶王以后，掌管着家家户户的饮食起居。天帝规定：他每年腊月二十三日或二十四日，需要上天去汇报工作，禀报人们家里的事情。

为了让这位大神到天帝面前多为自家说好话，求得来年衣食丰盛，民间百姓每年到了这时候都要敬奉祭祀他，以讨得这位大神的欢心。

人们把灶神灌得晕乎乎的。一方面是让灶神喝多了，上了天什么都说不

中国古代神话

ZHONGGUO GUDAI SHENHUA

出来；另一方面是吃人的嘴短，让灶神不好意思说人家的坏话。

　　据说，为了防止灶王爷到天上去向天帝告状，人们特地为他准备了一种特殊的食品：胶牙糖。这种糖有点像今天的麦芽糖，非常黏，灶王爷吃完这种糖，牙齿被粘住了，向天帝奏明事情的时候就会含糊不清，说者、听者都只好不了了之。

羿杀六大凶兽

羿为拯救天下苍生，射掉了九个太阳，这个神话故事家喻户晓，流传至今。实际上，羿的辉煌战绩，不仅于此。曾经有六大危害人民的凶兽，这六大凶兽，一个比一个厉害，一个比一个凶残，最后都被羿捕杀。

羿为百姓解除了十个太阳一齐出现的灾难后，就马不停蹄，日夜兼程，开始捕杀危害人间的恶禽猛兽。

一种叫狻猰的怪物对中原百姓的危害最为严重。狻猰的形状像牛，长着红色的身躯，人一样的头脸，马一样的脚，号叫的声音像是婴儿在啼哭。它经常把人当成食物，不论男女老幼，一旦碰上它便要丧命。羿没费多大力气，一箭就杀死了狻猰，并把它碎尸万段，叫它永世不得再生。

随后，羿又来到中原的桑林，准备捕杀一头叫封豨（xī）的大野猪。

封豨长长的獠牙像两把利剑，一排猪鬃像千万根钢针，力气大得胜过大水牛。它在中原大地上横冲直撞，袭击行人，拱毁庄稼，所到之处，造成人畜伤亡，庄稼颗粒无收。羿找到了封豨，见这野猪果然是个庞然大物，寻思起取胜的办法：像这么巨大的野猪，它的皮一定如铜铁般坚硬厚实，不如找准它的薄弱之处，以巧取胜。于是，他把封豨引到一棵大树旁边，做出攻击的样子。

封豨见竟然有人要挡住自己的去路，不由分说，"呼哧呼哧"地撒开四蹄，朝羿狂奔猛冲过来。羿迅速闪到一边，避其锋芒。封豨没有撞倒后羿，用力过猛收不住脚，竟一头撞到大树上，两根锋利的獠牙深深刺进树干之中。说时迟，那时快，羿搭箭弯弓，一箭射进封豨的肛门，穿肠过肚后从右眼露出，箭头钉进了树干。两根獠牙加一支利箭成三角形，将封豨牢牢钉死在大树上，再也动弹不了。羿略施小计就杀死了封豨，为中原百姓又除了一害。

羿顾不上歇息，杀死封豨后立即出发，到了一个名叫畴华的地方。这地方有一个人身兽头的怪物，出没村落，伤害百姓，这个怪物叫凿齿，它的嘴中能吐出五六尺长的舌头，舌头的形状像是一把锋利的凿子，因而得名。凿齿就是利用锋利舌头的快速伸出，以及坚固尖锐的牙齿来伤害人畜。

凿齿因为从未遇到过对手，所以看到后羿来挑战并不畏惧，它拿着一面青藤编制的坚韧盾牌，摆开了架势准备与羿决一雌雄。羿搭上白羽箭，把红彤彤的硬弓拉得如同满月，"嗖"地一箭射出，箭直奔凿齿的命门而去。凿齿不慌不忙地把兽头微微一抬，闪电般伸出凿状的舌头，"当"的一声把箭挡落。羿见状又射出一箭，这支箭直奔凿齿的胸膛而去。凿齿忙用盾牌护住。可是青藤编制的盾牌哪里抵挡得住曾经射爆太阳的神箭，箭头射穿盾牌，刺透凿齿的胸膛，这头恶贯满盈的怪兽顿时一命呜呼。

羿杀死凿齿后，开始东征青丘泽。在青丘泽，有一只叫大风的鸷鸟在肆虐。大风也叫大凤，是孔雀中体型最大的一种。它性情凶悍，不仅咬杀弱小飞禽，还袭击人畜，是这地方的一害。由于它飞行时速度极快，巨大的翅翼掠过的地方随之出现大风，所以人们就叫它大风。

大风飞得再快，还能快过箭神羿的飞箭吗？为了防止大风中箭受伤后还能飞出很远的路程，养好伤后再危害百姓，羿在箭的尾羽上缚上了一根很细很长的青丝绳。羿正在抬头寻找大风，大风正好"呼啦啦"地朝南边飞去。羿

中国古代神话
ZHONGGUO GUDAI SHENHUA

一箭射中大风。大风中箭后果然仍旧死命地朝前飞去。羿在下面紧紧拉住青丝绳，把大风拉了回来，然后再补上一箭，结果了大风的性命。

北方凶水一带有一个九头怪，羿又日夜兼程赶到了北方凶水。这个九头怪长着九颗婴儿的脑袋，叫作九婴。有九颗脑袋就有九条命，每个脑袋上的嘴巴都能喷出有毒的火焰。九道毒焰相互交错，构成一个威力巨大的火球，所到之处，烈焰腾腾，房屋起火，人畜烧死。九婴自恃自己的强大火力，丝毫不惧怕羿。羿知道九婴有九条命，射中一个头，它非但不会死，而且很快就能痊愈。所以，他再次使用连环发射的绝门技艺，九支箭同时穿透九颗脑袋，九婴的九条命没有一条逃脱了正义的惩罚。

南方的洞庭湖中有一条巨蟒，经常出来兴风作浪，被它吞噬的渔民不计其数，住在这一带的百姓提起这巨蟒就心惊肉跳。羿赶到洞庭湖边，一位老渔民告诉他说："这条巨蟒足足有一百丈长，浑身都是铜钱一样厚的蛇鳞，形成黑白相间的花纹，吐出的舌头有三丈长，一口就能吞下十头猪、三头牛。"一位老奶奶说："这蛇精叫的声音像公牛，我亲眼看见它一口吞下一只船。"还有人说："这大蟒又叫巴蛇，已经三百岁，都成妖精了。"

羿驾起小舟，出没在洞庭湖的惊涛骇浪中，寻找大蟒的踪迹。大蟒听闻射日英雄羿找上门来，心中害怕，便潜伏在湖底，想躲过惩罚。羿足足寻了三天三夜，也不见大蟒的踪影。他知道这怪物躲在水中，便舍弃弓箭，手持利剑，跃入深不可测的湖中，终于找到了大蟒的藏身之处，与它展开了一场殊死战斗。羿在水下施展不出神威，知道不能在水中恋战，便且战且退，将大蟒引到了水面。羿跃出水面，看准大蟒的巨大脑袋，一剑劈去，削下了半个大蟒头，冰冷的蟒血喷涌而出，染红了半个湖面。岸上百姓的欢呼声越过千里湖面，传到四面八方。

后来，当地的人们把这条巨蟒的尸体拖到岸边，用蟒的骨头堆成了一座山，传说这就是现在的巴陵，又叫巴山。

羿杀六大凶兽

吕洞宾画鹤

吕洞宾来到洞庭湖畔的一家小酒店中，他听附近的人们说，这家小酒店的主人辛氏为人宽厚，乐善好施，童叟无欺。吕洞宾想看看店主家为人是否如传言的那样，于是决定试探一下，那么事实真如人们所说的那样吗？

吕洞宾经过汉钟离的十试，修炼后便成了仙人。于是，他云游四海，普度众生。

一天，吕洞宾来到洞庭湖畔的一家小酒店中。他听附近的人说，这家小酒店的主人辛氏为人宽厚，乐善好施，童叟无欺。虽然顾客也不算少，但家境并不富裕，仅够糊口。

吕洞宾想看看店主为人是否如传言的那样，于是信步进了酒店，拣一处靠窗的座位坐了下来，唤店主辛氏为他上酒菜。

店主辛氏见吕洞宾身着黄色长衫，腰系黑色丝带，头戴一方华阳巾，双眉入鬓，凤眼朝天，仙风道骨，一看就不是等闲之辈，对他毕恭毕敬地伺候。可是，吕洞宾酒足饭饱之后，却分文不付，大摇大摆地离店而去。

店主辛氏竟也没有向他讨要酒饭钱。第二天中午，吕洞宾又到辛氏酒店大吃大喝了一顿，仍然是一句话不说，一分钱也不付，抹抹嘴巴就走。就这样，他一

连在这家小酒店中吃喝了达半年之久,而店主辛氏一直没有开口向他要账。

这一天,吕洞宾又来到辛氏的酒店饮酒,酒足饭饱之后,他把店主辛氏叫过来,对他说:"我欠你的酒账太多了,现在请你给我拿几个鲜橘子来。"店主辛氏听了莫名其妙,心想欠的酒账与橘子又有什么关系呢,虽然疑惑,但还是答应着,给吕洞宾拿来了几个刚刚摘下来的鲜橘子。

只见吕洞宾接过橘子,剥下几片橘皮,走到酒店正面的白墙前面,在雪白的墙上画了一只黄鹤。这鹤与真鹤一般大小,画得栩栩如生,仿佛马上就要展开翅膀飞起来了。

吕洞宾对店主辛氏说:"这鹤只要你招呼它一声,它就会飞下来,按照你歌声的节拍,跳起舞来。我就用这只鹤来报答你对我的款待吧!"吕洞宾说完扬长而去。

后来,客人们来这里饮酒,辛氏只要招呼它一声,那黄鹤就真的应声从墙上下来,在客人面前跳出多姿多彩的舞蹈,为客人们助兴。跳完后,它还会自动飞回到墙上去。人们听说了这件事,都觉得非常奇异,便想亲眼看一看,于是都争先恐后地从四面八方赶来这里饮酒,借此一睹黄鹤起舞的风采。店主辛氏的生意越来越好,没几年他就成了当地的一个大富翁。

这一天,吕洞宾又来了。店主人辛氏一见是自己的恩人来了,立即摆上美酒佳肴,热情地款待。席间,吕洞宾问店主辛氏:"近来生意如何,客人来得多吗?"

店主辛氏非常高兴地说:"托您的洪福,自从您给我画了那鹤之后,我这里每天顾客盈门,我现在的生活已经很富裕了。"

吕洞宾听罢,便取出玉笛,吹了一曲,那黄鹤便从墙上飞落了下来。吕洞宾跨上鹤背,黄鹤展开翅膀,腾空而去。

龙女拜观音

"龙女"，佛经记述她是东海龙王的小女儿，是法华会上的有名人物。龙女自幼智慧通达，八岁时已善根成熟，在法华会上当众示现成佛。为辅助观世音菩萨普度众生，龙女又由佛身示现为童女身，成为观世音菩萨的右近侍。

在观音菩萨身边，有一对童男童女，男的叫善财，女的叫龙女。龙女原是东海龙王的小女儿，生得眉清目秀、聪明伶俐，深得龙王的宠爱。一天，她听说人间放鱼灯，异常热闹，就吵着要去观看。

龙王捋捋龙须，摇摇头说："那里地偏人杂，可不是你龙公主去的地方啊！"龙女又是撒娇又是装哭，龙王总是不依。龙女嘟起小嘴巴，心里想道："你不让我去，我偏要去！"好容易挨到三更天，龙女便悄悄溜出水晶宫，变成一个十分好看的渔家少女，踏着朦胧的月色，来到放鱼灯的地方。

这是一个小渔镇，街上的鱼灯多极啦！有黄鱼灯、鳌鱼灯、章鱼灯、墨鱼灯、鲨鱼灯，还有龙虾灯、海蟹灯、扇贝灯、海螺灯、珊瑚灯……龙女东瞧瞧、西望望，越看越高兴，有时竟忘情地往人群里挤。不一儿会来到十字路口，这里更有趣哩！鱼灯叠鱼灯，灯山接灯山，五颜六色，光华璀璨。龙女似痴似呆地站在一座灯山前，看得出了神。

谁知这时候从阁楼上泼下半杯冷茶来，不偏不倚正泼在龙女头上。龙女猛吃一惊，叫苦不已。原来变成少女的龙女，碰不得半滴水，一碰到水，就再也保不住少女模样了。

　　龙女焦急万分，怕在大街上现出龙形，召来风雨冲塌灯会，于是不顾一切地挤出人群，狠命地向海边奔去。刚刚跑到海滩，突然"啪啪啪"一声，龙女变成一条很大很大的鱼，躺在海滩上动弹不得。

　　正巧，海滩上来了一瘦一胖的两个捕鱼小子，看到这条光灿灿的大鱼，一下子愣住了。"这是什么鱼呀！怎么会搁在沙滩上呢？"胖小子胆子小，站得远远地说，"从来没有看过这种鱼，怕是不吉利，快走吧！"

　　瘦小子胆子大，不肯离去，边拨弄着鱼边说："不管它是什么鱼，扛到街上去卖，总能卖不少钱吧？"两人嘀咕了一阵，然后扛着鱼，上街叫卖去了。

　　那天晚上，观音菩萨正在紫竹林打坐，早将人间发生的事情看得一清二楚，不觉动了慈悲之心，对站在身后的善财童子说："你快到渔镇去，将一条大鱼买下来，送到海里放生。"善财道："菩萨啊，弟子哪有银两去买鱼呀？"观音菩萨笑着说："你从香炉里抓一把去就是了。"

　　善财点头称是，急忙到观音院抓了一把香灰，踏着一朵莲花，飞也似的直奔渔镇。这时，两个小子已将鱼扛到大街，一下子被观鱼灯的人围住了。有称奇的，有赞叹的，有问价的，叽叽喳喳，议论纷纷，可是谁也不敢贸然买这么一条大鱼。有个白胡子老头说："小子，这条鱼太大了，你们把它斩开来卖吧？"胖小子一想，觉得老头说得有理，于是向肉铺借来一把肉斧，举起来就要斩鱼。

　　突然，一个小孩子大声喊道："快看呀！大鱼流眼泪了。"胖小子停斧一看，大鱼果然流着两串晶莹的眼泪，吓得丢掉肉斧就往人群外面跑。瘦小子怕没人买大鱼，赶紧拾起肉斧要斩，却被一个气喘吁吁赶来的小沙弥阻止住了："莫斩！莫斩！这条鱼我买下了。"众人一看，十分诧异："小沙弥怎么买鱼来了？"

那个老头哼了一声，翘着山羊胡子说："和尚买鱼，怕是要开荤还俗了吧？"小沙弥见众人冷语讥笑，不觉脸红了，赶紧说："我买这条鱼是去放生的！"说着，掏出一撮碎银，递给瘦小子，并要他们将鱼扛到海边。瘦小子暗自高兴："卖出去了！扛到海边，说不定等小沙弥一走，依旧能把这条大鱼扛回来呢！"他招呼胖小子扛起大鱼，跟着小沙弥向海边走去。

三人来到海边，小沙弥叫他们将大鱼放到海里。那鱼碰到海水，立即打了一个水花，游出老远老远，然后掉转身来，同小沙弥点了点头，倏忽不见。瘦小子见鱼游走了，这才断了再捉回来的念头，摸出碎银，要分给胖小子。不料摊开手心一看，碎银变成了一把香灰，被一阵风吹得无影无踪。转眼再找小沙弥，也不知去向了。

东海龙宫里自从不见了小公主，宫里宫外乱成一窝蜂。龙王气得龙须直翘，海龟丞相急得头颈伸出老长，守门官蟹将军吓得乱吐白沫，玉虾宫女怕得跪在地上打战……一直闹到天亮，龙女回到水晶宫，大家才松了口气。龙王瞪起眼睛，怒气冲冲地呵斥道："小孽畜，你胆敢犯宫规，私自外出！说，到哪里去了？"

龙女一看龙王动了怒，知道撒娇也没有用了，便照实说："父王，女儿观鱼灯去了，要不是观音菩萨派善财童子来救我，女儿差点没命！"接着将自己的遭遇讲了一遍。龙王听了，脸上黯然失色。他怕观音将此事讲了出去，让玉皇大帝知道了，自己就得落个"教女不严"的罪名。他越想越气龙女，一怒之下，竟将她逐出水晶宫。

龙女伤心极了，茫茫东海，到哪里去安身呢？第二天，她哭哭啼啼地来到莲花洋。哭声传到紫竹林，观音菩萨一听就知道是龙女来了，她吩咐善财去接龙女上来。善财蹦蹦跳跳地来到龙女面前，笑着问道："龙女妹妹，你还记得我这个小沙弥吗？"龙女连忙揩掉眼泪，红着脸说："你是善财哥哥呀？你是我的救命恩人呢!"说着就要叩拜。善财一把拉住了她,说:"走,观音菩萨叫我来接你呢!"善财和龙女手拉手走进紫竹林。龙女一见观音菩萨端坐在莲台上,俯身便拜。观音菩萨很喜欢龙女,让她和善财像兄妹一样住在潮音洞附近的一个岩洞里,这个岩洞后来被称为"善财龙女洞"。

从此,龙女就跟了观音菩萨。可是龙王反悔了,常常叫龙女回去。龙女依恋着普陀山的风光,再也不愿回到禁锢她的水晶宫去了。

仙山传说

归墟里的五座神山都是漂浮在大海上的，下面没有生根，一遇风波，便会漂流不定。天帝知道后，担心它们会漂流到天边去，使诸神无家可归，于是便叫海神禺强，派十五只大乌龟，去把五座神山用背驮起来。

残破的天地虽然给女娲修补好了，但毕竟不能完全恢复原来的状貌。据说从此以后，西北的天空，就略有点倾斜，所以太阳、月亮、星星都不自觉地要朝那边跑，落向倾斜的西天；东南的大地，陷下了一个深坑，所以大川小河里的水，也都不由自主地要朝东南奔流，将水源源不断地灌注到那里，就成了海洋。人们或许会发愁：大川小河的水，这么天天地向海洋灌注，难道海洋就没有涨满的一天吗？如果涨满了，海水漫出来，怎么办呢？人类岂不是又要遭殃吗？

请不要发愁。据说在渤海的东边，不知道几亿万里的地方，有这么一个大壑，这个大壑的深，简直就深得没底，名叫"归墟"。百川海洋里的水，通通往这儿流。归墟里面的水，总保持平常的状态，既不增加，也不减少——哦，既然有这么个无底大壑来容纳百川海洋的水，当然就用不着我们发愁了。

归墟里面，有五座神山，就是岱舆、员峤、方壶、瀛（yíng）洲、蓬莱。每座神山高三万里，周围也是三万里。山和山的距离是七万里。山上有黄金打造的宫殿，白玉筑成的栏杆，是神仙们安乐的家。那上面所有的飞禽走兽都是白色的。到处都是生长着珍珠和美玉的树，这些树也开花结果子，结的果子就是美玉和珍珠，味道很不错，吃了可以长生不老。仙人们都穿着纯白的衣裳，背上生有小小的翅膀。常见这些小仙人，在大海上面，在碧蓝的高空中，像鸟一样自由地飞翔着，往返于五座神山之间，探望他们的亲戚朋友。仙人们的生活委实是快乐而幸福的。然而，有一桩事情不妙：原来这五座神山都是漂浮在大海上的，下面没有生根，一遇风波，便会漂流无定，这对于神仙们彼此往来，颇有些不便。

有了这样的困难，他们就派代表到天帝那里去诉苦。

天帝知道了，实在也怕几座神山漂流到天边去，使得诸神无家可住，因而便叫海神禺强，派十五只大乌龟，去把五座神山用背驮起来。一只驮着，其余的两只便在下面守候着，六万年交换一次，轮流负担。

这样一来，神山稳定了，住在山上的神仙们，都欢天喜地地、平安地过了若干万年。

不料有一年，却有一个龙伯国的巨人来到这里，做了一次无心的捣乱。大约因为他闲着没事，有些发闷，带了一根钓竿，到大洋中来钓鱼。走了没有几步，这几座神山便给他周游遍了。他举起钓竿来一钓，啊呀，接二连三地，被他钓上来了六只大乌龟。他不管三七二十一，背着这几只乌龟，回家去了。可怜岱舆和员峤两座神山，却因此漂流到北极去，沉没在大海里了。住在这两座神山上的神仙们，都慌慌忙忙地搬家，带着箱笼帐被在天空中飞来飞去，累得满头大汗。

天帝知道了这件事情，大发雷霆，便把龙伯国的土地削小，把龙伯国人的身量缩短，以免他们再出去到处惹祸。到伏羲、神农的时候，这一国人的身量虽然已经缩短到无法再短了，但据当时一般人看来，他们还有好几十丈长呢。

归墟里的五座神山，沉没了两座，还剩三座，就是蓬莱、方丈（即方壶）和瀛洲，那些大乌龟还在用它们的背背负着神山，直到以后若干万年，没再听说出过什么乱子。

丹朱化鸟

尧娶了宜氏的一个姑娘，名叫女皇，女皇生了丹朱。丹朱自幼凶恶残暴，无恶不作。因为丹朱德行不好，舜就把他流放到丹水做诸侯。后来尧在丹水之滨大战了一场，用兵力征服了南方的蛮族——三苗。

尧有十个儿子。十个儿子当中，丹朱是年纪最大的，可也是最不成器的一个。

丹朱为人骄傲暴虐，常常喜欢和伙伴们带了随从臣仆，到各地去游玩，稍有不如意的地方，就要迁怒于人，大发脾气，虐待他的臣下。

那时候洪水为患，弥漫天下，丹朱出去游玩，总是坐船去。他渐渐习惯了水上的生活，对人民的疾苦满不在乎，倒是觉得坐着船出去东游西荡非常有意思。

后来洪水被大禹治理平息了，有些地方水浅，不能通船，任性的丹朱就不分昼夜地叫人替他推着船走，称之为"陆地行舟"。船在泥沙和水草之间摩擦着，颠簸着，发出"咯吱咯吱"的声响。推船的人累得气喘吁吁，汗流浃背，丹朱和他的伙伴们却在船上吃喝玩乐，哈哈大笑，脸上全是毫无心肝的兴奋神情。

不出去玩的时候，丹朱和他的伙伴们干脆就关起门来，在家里为所欲为，他们什么坏事都干得出来，闹得实在有些不像话。

丹朱的弟弟们见哥哥这样胡作非为，也都不服他的管教，弟兄们时常发生内讧，彼此间纷争不休。

尧见丹朱性情太恶劣，教育无效，心中暗自焦急。他因此创制了围棋这种游戏来教给丹朱，希望能够在潜移默化中改善丹朱的性情，使他能够改邪归正。

哪知道丹朱对于围棋这玩意儿，起初还觉得新鲜有趣，专心致志地研究过一段时间。但玩了一些时候，就觉得有些腻味。他自己忽然异想天开，创造了另一种棋。他选择了一片平原旷野，叫人按着棋局的格式在那里遍栽桑树，他和他的朋友们就各据一方，用桑树来做棋局，用犀牛和大象来做棋子，指挥着它们进退周旋，觉得比他父亲的围棋更加有趣。后来他连这也玩厌了，便扔开它，仍旧和他的那帮朋友去胡闹。

尧知道丹朱实在没有能力担当执掌国家的重任，便决定把国君的位置禅让给舜。但又唯恐丹朱不服气，聚集他那帮恶朋歹友从中捣乱，便颁下诏命，把丹朱放逐到南方的丹水去做诸侯，由后稷监督着，即日动身起程。

那时住在中原的一个叫"三苗"的部族，和丹朱的关系非常好，对于尧把天下让位给舜这件事，很不以为然，首先起来反对尧。

尧是个正直的人，他的政治主张并不因为三苗的反对而发生改变，马上派遣军队去攻打，三苗的首领抵抗不住正义的王师力量，终于被擒伏诛。

剩下的三苗部众，便只好携儿带女，随同被放逐的丹朱迁徙到南方去，并在丹朱放逐地的丹水附近定居下来。他们在南方定居后不久，势力又逐渐强大起来，于是和满腹怨气的丹朱在一起，以丹朱为首，酝酿着卷土重来，再度进攻中原，推翻尧的统治，彼此平分天下。

没想到事情败露，消息传到尧的耳朵里。智慧高远并且勇敢坚毅的尧，早就料到丹朱他们有此一招，于是他不慌不忙，开始调兵遣将，亲自挂帅，

统领大军到南方去平定乱事。

丹朱和三苗的联盟，还没有准备停当，就听说尧的大军已来，急忙重整旗鼓，与尧的大军对峙。父子俩的军队，就在丹水上展开了一场大战。

丹朱已经习惯了水上的生活，就由他统率水军。他所统率的水军，一个个都能在水面上行走，快步如飞。原来丹水出产一种鱼，名叫丹鱼，这种鱼每到夏至前十天，便常从水底浮游到岸边来，鳞甲红光闪闪，在夜间望去，就像是火焰一样，割取它们的血，涂在足上，就可以涉水如履平地。丹朱的水军人人都有这种本领，因此在战争的开始阶段，尧在水军这方面，竟不是儿子的对手，接连吃了好几个败仗，免不了损兵折将。

幸而由三苗统率的陆军，除了勇猛强悍以外，没有其他的特殊技能，因此尧的军队在陆地上对付三苗的军队就绰绰有余了。终于，尧靠智谋和当地人民的帮助，首先击溃了三苗的陆军，使它不能和丹朱的水军配合作战，然后又用谋略将丹朱的水军也一并击溃。于是这场声势浩大的变乱，便再度以尧的胜利而宣告结束了。

失败的丹朱，带着他少数的部众，落荒而逃，一直逃到了南海。面对茫茫的大海，进不能进，退不能退。丹朱觉得自己再没有脸面活在世间，就跳到大海里自杀了。死后他的魂灵变成了一只鸟，这鸟的名字就叫"朱"，形状有些像猫头鹰，一对脚爪却好像是人的手，它出现在哪里，哪里的士人就将要被放逐。

他的子孙，聚居在南海的附近，渐渐成为一个国家，叫"讙（huān）头国"或"讙朱国"。这些人的相貌长得非同一般：人的脸，鸟的嘴，常用他们的鸟嘴在海滨捕鱼。背上长有翅膀，却无法飞翔，只能当成拐杖扶着走路。

讙头国的附近便是三苗国，就是由和丹朱一同造反失败的三苗的子孙聚居于此而成国的。三苗国的人也都生有翅膀，翅膀生在腋下，很小，也只能点缀观瞻而不能飞行。

干将莫邪

干将，春秋时吴国人，是楚国最有名的铁匠，他打造的剑锋利无比。楚王知道了，就命令干将为他铸宝剑。后干将与其妻莫邪为楚王铸成宝剑两把，一曰干将，一曰莫邪。干将知道楚王性格乖戾，特在将雌剑献与楚王之前，将雄剑托付其妻传给其子，后干将果真被楚王所杀。其子成人后成功完成父亲遗愿，将楚王杀死，为父报仇。

相传干将为楚王铸剑，历时三年之久才铸造成功雌、雄二剑。楚王觉得他办事不力，非常恼怒，想要杀掉他。

当时，干将的妻子莫邪怀孕了，已快要生产。干将对妻子说："我为楚王铸剑，三年才铸造成功，楚王一定很生气，这回我去送剑，恐怕难逃一死。你生的孩子如果是个男孩，长大后告诉他，出门去望南山，松树生在石头上，宝剑就在树背上。"说完，他便带了雌剑去见楚王。

干将见到楚王后，楚王便叫剑工前来查看这剑，剑工说："剑原有两把，一把雄剑，一把雌剑，这把剑是雌的，干将没有奉上雄剑。"楚王听罢大怒，便把干将杀了。

干将死后，莫邪生了一个男孩，起名为"赤鼻"。

赤鼻长大后，便问他母亲："我为什么从来没有见过我爹，他在什么地方呢？"

母亲说："你爹为楚王铸剑，三年才铸造成功，楚王恼怒，把他杀了。你爹去时嘱咐我告诉你：'出门去望南山，松树生在石头上，宝剑就在树背上。'"

于是赤鼻走出门去，向南一望，并没看到有什么山，回头一望，只见堂前础石[1]上有几根松木柱子。他心里想这或许就是"松树生在石头上"吧，便去拿来一把板斧，把靠近门的一根柱子从背后劈破，果然从里面取出了那把雄剑。赤鼻得到这把剑后，不论白天黑夜，都想着要杀掉楚王，为父亲报仇。

有天晚上，楚王做梦，梦见一个额头很宽的孩子，两眉之间，阔有一尺，在说要来为父报仇。楚王便悬了千金重赏，到处张贴榜文，画影捉拿梦中所见的奇怪孩子。赤鼻听到榜文所描述的情况，和自己颇为相像，便赶紧逃进深山去暂时躲藏起来，在山道上行走时，想到父仇未报，不觉悲从中来。

这时，深山里突然出现一个来自他乡的客人，看到他如此悲哀，就同情地问他道："你小小年纪，为什么哭得如此悲哀啊？"

赤鼻说："我是干将和莫邪的儿子，楚王将我爹杀害了，我想报这杀父之仇。"

他乡客说："听说楚王悬了千金重赏买你的头，拿你的头和剑来，我为你去把这仇报了。"

赤鼻说："那实在是太好了。"说罢，毫不犹豫地抽出宝剑，割下自己的头来，两手捧着头和宝剑，一齐交到他乡客的手里，身子却还僵立在那里。他乡客说："你放心，我绝不会让你失望的！"赤鼻的尸体这才倒了下去。

---

①础石：垫在房屋柱子底下的石头。

中国古代神话

ZHONGGUO GUDAI SHENHUA

他乡客带着赤鼻的头去见楚王，楚王欢喜不已。他乡客说："这是一颗勇士的头，应当把它放到汤锅里去烹煮，直到肉烂为止，以免以后成精作怪。"楚王按照他的话去做了，把头放到汤锅里煮了三天三夜都没煮烂，头还几次从汤锅里跳出来，圆睁着一对愤怒的眼睛。他乡客说："这孩子的头总也煮不烂，还望大王亲自来看看，借大王的威风压他一压，自然就会烂了。"楚王这时也没有别的办法，只好慢慢走到锅边来。他乡客迅速地抽出宝剑，向楚王脖颈一挥，楚王的头就掉进了汤锅里。然后，他又把剑向自己脖颈一挥，头也掉进了汤锅里。汤锅沸腾着，霎时间三颗头都煮烂了，再也分辨不出哪个是楚王的头。

楚王的人没有办法，只好连骨带肉分成三份，用瓦罐装着，分别埋葬，并修造了三座坟墓，笼统地称为"三王墓"。

嫦娥奔月

在中国，与月亮有关的神话，数"嫦娥奔月"的故事最为脍炙人口，且家喻户晓。历代文学作品里，也有很多文人以这个美丽动人的传说作为写作题材，如李商隐的"嫦娥应悔偷灵药，碧海青天夜夜心"。

羿不辞辛劳，经过千山万水的长途跋涉，终于带着不死药高高兴兴地回到了家里。

早在回家的路上，羿就已经做出了自己的决定。羿清楚地记得西王母说过的话：不死药若两人吃可以长生不死，若一人吃则会飞升成仙。羿非常爱妻子嫦娥，也厌倦了天庭里尔虞我诈的权势争斗。因此，他是绝不会独自吃下神药飞升成仙回到天庭的。

羿一回到家，就马上把不死药交到了妻子嫦娥的手中，并且把西王母对自己说的一番话也都毫无保留地告诉了妻子嫦娥。夫妻俩商量好了，次日天明，一起吃下长生不死药。

嫦娥看到羿顺利地取回了不死神药，心里十分宽慰。她想到自己今后虽然不能再上天庭，但能和其他神仙一样不用担心生老病死了，心里有说不出的高兴。

就这样，嫦娥一夜没睡好。到了三更，她趁着羿还在熟睡，悄悄地打开羿交给她的不死神药。只见里面一块红色的布包裹着一只很精致的葫芦，她轻轻地摇晃着葫芦，葫芦里面传来清脆的响声。

嫦娥心想：何不打开看看这不死神药到底长什么样？

于是，她便拧开了葫芦，从里面滚出了几粒金黄色的小丸。嫦娥凑到窗前借着月光仔细数了数，一共有六粒。

看着这些神奇的药丸，嫦娥不禁幻想着自己又变成了仙女，穿着华丽的衣服，住在漂亮的宫殿里，每天享用山珍海味，被众多的侍女簇拥着……

一阵凉风吹来，嫦娥的思绪回到了现实中。她低头看了看自己穿的是破旧的麻布衣服，住的是茅草搭建的小屋，吃的是粗茶淡饭。唉！这日子什么时候才是个头呢？

她手里捏着的葫芦滑落到地上，金黄色的小药丸滚了出来。嫦娥急忙捡起小药丸，正准备往葫芦里放时，看了看熟睡的羿，心想：反正早晚都要吃的，早点吃岂不更好？

想到这里，嫦娥把其中的三粒小药丸吃了下去，把剩下的三粒小药丸仍旧放回葫芦，照旧包好了包袱，重新躺回到羿身边。

嫦娥久久不能入睡。她翻来覆去，脑海中总是重复出现一个画面：一个华丽的自己，一个由众多侍女簇拥着的自己。这时身边的羿翻动了一下身子，嘴里喃喃地发出声音，脸上露出了舒心的微笑。嫦娥想羿大概觉得现在已经很满足了吧！

嫦娥再也睡不着了，她翻身坐了起来，耳边突然响起了西王母的话：倘若一人吃了它，就会飞升成仙，回到天庭。回到天庭！这时，嫦娥的脑子里闪过一个念头：既然羿已经很满足现在的生活了，我何不成全了他也成全了自己呢？嫦娥的确过不惯清苦的生活，一直向往着过去在天庭里的日子。

想到这里，嫦娥起身，又重新打开了那只葫芦，把剩下的三粒小药丸毫

中国古代神话
ZHONGGUO GUDAI SHENHUA

不犹疑地吃了下去。

果然，奇迹发生了。嫦娥渐渐觉得自己的身体变得飘逸起来，双脚也逐渐地离开了地面，整个人不由自主地飘出了窗口……

外面的夜空真的很美，皎洁的明月升在空中，周围繁星闪烁。嫦娥一阵欣喜，觉得自己真的自由了，终于能了却自己多年的夙愿了。

嫦娥一直飘升着，可升得越高，她的心里就越不踏实，因为自己背弃了羿。如果到了天庭，不仅会遭到众神们的嘲笑，也会遭到姐妹们的唾弃。正当嫦娥犹疑不决时，看到不远处圆圆的皓月。啊！月宫，嫦娥一阵欣慰——这是个好去处。嫦娥决定直奔月宫。

可是到了月宫以后，嫦娥才发现这里并没有自己想象的好。

月宫里出奇地冷。除了一只白兔、一只蟾蜍和一棵桂树，就什么也没有了。

看着眼前的这一切，嫦娥的心也凉了。

她想起了羿平日对她的好和人世间的温情，不觉后悔了起来。

中国古代神话
ZHONGGUO GUDAI SHENHUA

鲤鱼跳龙门

在很早以前，不知从哪儿飞来一条大黄龙，作恶多端。有一个小姑娘叫玉姑，她下决心，一定要除掉这条恶龙，为民除害。玉姑得到鲤鱼仙子的指点，变成一条大红鲤鱼，打败了恶龙，但玉姑也因此付出了生命。

庙峡，又名"妙峡"。两座巍峨雄奇的凤凰大山，拔水擎天，夹江而立；引人入胜的鲤鱼跳龙门，活灵活现，雄奇壮观。进入峡谷，两山雄峙，悬崖叠垒，峭壁峥嵘，壁峰刺天；奇特的岩花，依壁竞开，把峡谷装缀成仙境一般。

这个神奇美妙的峡谷，流传着一个优美动人的故事。在很早以前，龙溪河畔的乡民，男耕女织，过着安居乐业的美满生活。有一年，不知从哪儿飞来一条大黄龙，作恶多端。它不是呼风唤雨破坏庄稼，就是吞云吐雾残害生灵，把整个峡谷搞得乌烟瘴气，不得安宁。每年六月六日它生日这天，更是强迫人们献上一对童男童女，十头大黄牛和一百头猪、羊等物供它享用。如果不这样，它就发怒作恶，张开血盆大口，蹿上村庄吞噬人畜，破坏田园。沿河百姓怨声载道，叫苦连天。

峡口龙溪镇上，有一位聪明俊美的小姑娘，名叫"玉姑"，她下决心，非除掉这条恶龙不可。有几次，她登上云台观去找云台仙子求救，都未找着。她仍不灰心，继续去找。这天清晨，她登上云台观，仙子被玉姑心诚志坚的精神感动了，就出现在她面前，指点她说："离这儿千里之外有个鲤鱼洞，你可前去会见一位鲤鱼仙子，她定能相助于你。"

玉姑辞别云台仙子，跋山涉水，历尽千辛万苦，来到鲤鱼洞中，找到鲤鱼仙子，说明来意。鲤鱼仙子对玉姑说："你想为民除害，这是件大好事，可是必须牺牲你自己啊！你能这样做吗？"玉姑毫不犹豫地说："只要能为乡亲们除害，消灭那恶龙，哪怕是上刀山，下火海，粉身碎骨我也心甘！"鲤鱼仙子见玉姑这样诚恳坚决，十分满意地点了点头，朝玉姑喷了三口白泉，玉姑顿时变成了一条美丽的红鲤鱼。

大红鲤鱼逆江而上，经过七七四十九天，游回家乡。这天正是六月六日清晨，她摇身变还原貌，见乡亲们已准备就绪：一对童男童女，十头大黄牛，一百头猪、羊。人们敲锣打鼓，宛如一条长龙向祭黄龙的峡口走来，前面那一对身着红衣红裙的童男童女，早已哭成泪人了。黄龙见百姓送到盛餐佳肴，早已垂涎三尺，得意地张开大口。

就在这千钧一发之时，玉姑抢先上前，拦住父老乡亲们说道："大家在此停下等着，让我前去收拾这个害人精。"话刚说完，只见玉姑纵身跳进水中，霎时变成一条大红鲤鱼，腾空飞跃，直朝恶龙口中冲去，一下蹿进它的肚中，东刺西戳，把龙的五脏六腑捣得稀烂，恶龙拼命挣扎翻滚，但无济于事，终于被玉姑杀死了。可是，玉姑自己也葬身在黄龙腹中。

从此，大家又过着安居乐业的日子。人们为了缅怀玉姑为民除害，在峡口半山腰修建了一座鲤鱼庙。

伏羲画卦

有一天，伏羲捕鱼，捉到一只白龟，还碰到一只怪物，伏羲见怪物背上的花纹奇特，便将花纹记下。事后仔细研究，白龟突然游到他面前，伏羲看到白龟龟壳，骤然震撼了伏羲的心灵，太极神图深切映入他的脑海之中，他顿时目光如炬，悟出了天地万物的变化规律。

传说伏羲因为制造八卦，人奉之为天神，尊其为八卦祖师。

远古时代，人对大自然一无所知。天气会变化，日月会运转，人会生老病死，所有这些现象，谁也不知道是怎么回事。人们遇到无法解答的题，都问伏羲，伏羲解答不了时，人们感到很茫然，每天提心吊胆地过日子。

伏羲经常环顾四方，揣摩着日月经天、斗转星移，猜想着大地寒暑、花开花落的变化规律。他看到中原一带蓍（shī）草茂密，开始用蓍草为人们卜筮。

有一天，伏羲在蔡河里捕鱼，捉到一只白龟，他赶快挖了一个大水池，把白龟养了起来。

一天，伏羲正往白龟池里放食物，有人跑来说蔡河里出了怪物。他来到蔡河边一看，只见那怪物说龙不像龙，说马不像马，在水面上走来走去，如履平地。

伏羲走近水边，那怪物竟然来到伏羲面前，老老实实地站那儿一动不动。伏羲仔细审视，见那怪物背上长有花纹：一六居下，二七居上，三八居左，四九居右，五十居中。伏羲薅（hāo）一节薯草梗，在一片大树叶上照着龙马背上的花纹画下来。

他刚画完，龙马大叫一声腾空而起，转眼不见了。大家围住伏羲问："这是个什么怪物呀？"伏羲说："它像龙又像马，就叫它'龙马'吧。"

伏羲拿着那片树叶，琢磨上面的花纹，怎么也解不开其中的奥妙。这天他坐在白龟池边思考，忽听池水哗哗作响，定睛一看，白龟从水底游到他面前，两眼亮晶晶地看着他，接着向他点了三下头，脑袋往肚里一缩，卧在水边不动了。他面对白龟聚精会神地观察起来。

渐渐地，他发现白龟盖上的花纹分布为中间五块，周围八块，外圈十二块，最外圈二十四块，顿时明白了，悟出了天地万物的变化规律：唯一阴一阳而已。伏羲于是根据白龟的图案画出了八种不同图案，即八卦图。

洛水女神宓妃

洛水女神宓妃，是中国先秦神话中黄河之神河伯的配偶，司掌洛河的地方水神。河伯非常好色，与宓妃的感情早已变质。一天，宓妃与羿邂逅，两人产生情愫。羿与宓妃相爱的消息传到左拥右抱享尽艳福的河伯耳中，河伯嫉妒羿，于是偷袭羿，但反被羿所射伤。

羿满载猎物归家，却失去了爱妻，失去了灵药，他怔怔地望着窗外的星空，仰天长啸，他愤怒，继而痛苦，继而消沉，直到在洛水之滨邂逅了洛神宓妃。

宓妃是东方木德之帝伏羲的女儿，渡洛水覆舟淹死，成了洛神。她美得异乎寻常："翩若惊鸿，婉若游龙。荣曜秋菊，华茂春松。仿佛兮若轻云之蔽月，飘飘兮若流风之回雪。远而望之，皎若太阳升朝霞；迫而察之，灼若芙蕖出渌波。"[1]她与黄河之神河伯门当户对，顺理成章地结为夫妇。

新婚宴尔，河伯陪伴宓妃乘坐龙挽荷盖的水车，腾波冲浪，从下游九河直上河源昆仑，流连于良辰美景，又手牵着手东行，回归新居鱼鳞屋、紫贝阙。

然而，人无千日好，花无百日红。河神很快变心，爱情的火花不多久就

---

①出自曹植《洛神赋》。

让时间的流水浇灭了。河伯盼咐巫妪每年替他挑个妙龄少女做新娘，并警告两岸百姓："若不为河伯娶妇，水来漂没，溺其人民。"

宓妃内心也厌倦了狂妄自大的河伯，厌倦了轻靡浮华的生活，她乐得脱身返回洛水，时而在水面拾取漂浮的翠羽，时而入潭心采集深藏的明珠，可夜静月明时，她会感到无助，感到空虚，她需要一双有力的臂膀，需要一个温暖的怀抱。

或许是天意作合，羿追逐羚羊来至洛滨，与宓妃不期而遇。他俩一个是侠骨热血的寂寞英雄，一个是柔情似水的孤独美人，彼此目光接触，便再也移不开，他俩明白，"众里寻他千百度"的另一半近在眼前。

羿与宓妃相爱同居的消息传到左拥右抱享尽艳福的河伯耳中，一方霸主的自尊令他恼羞成怒。他惧怕羿的神箭，不敢当面对决，暂且化为一条白龙，探头探脑地浮在水面盯梢。

白龙出水，龙卷风起，与宓妃并骑驰骋的羿见百姓又要遭殃，返身一箭，射中白龙左目，那河伯负痛，捂住伤口窜入河底。

独眼龙河伯哭上天庭，请求天帝杀了羿为他报仇。帝喾（kù）正为以前待羿太不公平而有些内疚，因此不耐烦地打断了河伯的喋喋不休："你规规矩矩安居水府，谁能射你？你无端化为虫兽，当然会被人捕杀。羿又有什么过错呢？"河伯黯然溜回黄河，从此睁一只眼、闭一只眼，再也不出头了。

吴刚伐桂

传说月宫中有一个人叫吴刚，每天都在砍伐桂树，可是桂树却随砍随合，吴刚就这样永无休止地劳作着。

从前，西河有一个叫吴刚的人，他身强力壮，嗓门特别大。只要他吆喝一声，顺手就可以从泥土里拔起一棵一人高的小树。

可是吴刚做起事情来很没耐心，学了三天铁匠手艺就嫌太热，当了五天布店学徒又嫌太麻烦，后来干脆回家去学种田。

但是他依然没有耐心，刚撒下种子，就想马上看到果实。听了老人的话后，好不容易等到种子发了芽，他又隔三岔五地去掘开泥土看看它是否在长，三弄两弄，幼苗死了，地也荒废了。

吴刚心里总是想着要做既省力又光彩的事情。

一天，他无意间看到别人在求神拜佛，就想：为什么自己不去做神仙呢？做个神仙多好啊！于是，吴刚决心去做神仙。

这次，吴刚下了很大的决心。他整整跨过了一百条河，翻过了一百座山，走破了一百双鞋子，终于在老松树下找到了白胡子的神仙。吴刚双手抱拳向他说："老神仙，我走了老远的路，才找到了您，请您快点教我做神仙的方法吧！"

白胡子老神仙摸着自己的胡子说："做神仙，可不是闹着玩的，得下许多功夫，你做得到吗？"吴刚唯恐老神仙不肯收留自己，忙不迭地点着头，连声说："一定做得到！一定做得到！"白胡子神仙看吴刚诚心诚意的样子，就说："学做神仙，首先要懂得给人治病，解除别人身上的痛苦，明天你就先跟我进山学采药吧！"

吴刚想："这太简单啦！就跟着白胡子神仙去采药，一连爬了十天的山。白胡子神仙很细心地告诉吴刚，这种草药能治什么病，那种草药能治什么病。吴刚还没听完心就烦了，不高兴地嚷道："神仙应该逍遥自在，您为什么要我辛辛苦苦爬山采药呢？"

神仙笑着说："我爬山采药的时候，想到能够帮助别人就感到快乐，一点也不觉得辛苦呀！"

吴刚皱着眉头叫道："神仙应该在天上飞来飞去才对。"

白胡子神仙看吴刚不耐烦的样子，摇了摇头说："我看你根本不懂得做神仙的道理。这样吧！我们不采药了，我给你一本天书，你好好读一读，把天地万物的道理弄懂了再说。"

吴刚把天书接过来，问："把这本书读懂了，是不是就可以变成神仙了？"

白胡子神仙说："你只有把道理学通，心里才会觉得亮堂，那时候再学仙，就容易多了。"

白胡子神仙的一番话，让吴刚的心静了下来。可是时间不长，吴刚又沉不住气了。他觉得读书也很麻烦。

"可惜啊！可惜！"白胡子神仙又认真地打量了一下吴刚，然后无可奈何地说，"我想知道你学做神仙，到底是为了什么？"吴刚不假思索地说：

中国古代神话
ZHONGGUO GUDAI SHENHUA

"我想学飞，想飞到月亮上去玩玩！"

"好吧！"老神仙叹了一口气，"我这就带你去，你把眼睛闭上。"老神仙举起扇子，轻轻一扇，吴刚的双脚竟然飘飘然地就离开了地面，只听得耳边"呼呼"的风声。

也不知飞了多久，白胡子神仙用扇子敲敲吴刚的额头，说："吴刚，这就是你要来的地方。"话音刚落，风声就停了。吴刚赶紧睁开眼睛一看，只见光秃秃一片，远远的除了有棵大树外，就什么也没有了。

吴刚奇怪地望着周围，拉着白胡子神仙问："这是什么地方，怎么会这么荒凉？"

白胡子神仙笑着说："你不是想到月亮上来吗？这里就是月亮啦，你玩个够吧！"

吴刚很好奇，径直走到这里唯一的一棵大树下，问道："这是什么树啊？"

白胡子神仙说："这是一棵桂树，有五百多丈高呢！"

"哦，就这些？我们走吧。"吴刚不耐烦地催促白胡子神仙。

可白胡子神仙却说："这我可帮不了你，你得自个儿飞回去。"

吴刚一听就傻眼了，他沮丧地说："我又不是神仙，我不会飞啊。"

"你用这把大斧头，把这棵桂树砍倒，就可以成仙飞回地面了。"白胡子神仙说着就变出一把大斧头。

吴刚听了非常高兴，说道："唉！这么简单的事，你怎么不早点告诉我，让我浪费这么多时间。"

吴刚接过斧头，大吼一声，就往树上连砍了三斧头，可大树却纹丝不动。他放下斧头，擦擦汗，再往树上一看，竟然发现树干上连斧头砍伤的痕迹都没有。

白胡子神仙哈哈大笑道："这棵桂树，又叫作'三百斧头'，有耐心的人，心平气和地砍三百斧头，就可以把它砍倒。没有耐心的人，砍了也是白砍。你砍下一道缺口，只要斧头一拿开，缺口立刻就复原了。"

　　然而，吴刚天生就懒惰，没有耐心，只要他一偷懒，桂树又重新长好了，所以他只好留在月亮上不断地砍桂树了。

吴刚伐桂

天女散花

盘古的女儿"花神"，按照父亲的嘱托种植百花，用来点缀天庭，给江山添美，还把百花的花瓣撒向人间，飘落九州，落地生根，人间就有了"天女散花"的故事。

盘古有两个儿子、一个女儿。他开天辟地以后，叫他的大儿子管天上事，人称"玉帝"；叫他的二儿子管地上事，人称"黄帝"；叫他的女儿管百花，人称"花神"。

盘古开天辟地用力过猛，伤了五脏六腑，他快死时，把女儿叫到跟前，拿出一包种子说："这是一包百花种子，交给你了。你要往西走二万二千二百二十二里，那里有一座净土山，你可取净土一担，摊在天石上，把这百花种子种在净土里。然后你再往东走四万四千四百四十四里，在日头洗澡的地方，那里有一潭真水，不蒸不发，你可取真水一担，浇灌百花种子，百花种子就会生芽出土。你再往南走六万六千六百六十六里，那里有一潭善水，你可取善水一担，对花苗喷洒，花苗结出骨朵。然后，你再往北走八万八千八百八十八里，那里有一潭美水，你可取美水一担，滋润花骨朵，这样，就会开出百样的花朵。你用这些花给你大哥点缀天庭，给你二哥的江山添美。"盘古说完，就死了，尸体随后化为一座盘古山。

花神按父亲的嘱咐，往西走了二万二千二百二十二里，取了净土一担，摊在天石上，播上了百花种子。向东、向南、向北取来真、善、美三潭里的水，精心育花。果然，百花怒放，好看极了。

她高兴地报告玉帝。

玉帝便随着亲妹妹前来观赏百花，他高兴地说："妹妹不辞劳苦，育出百花，用百花美化天庭，天庭不就成花园了吗？"

花神说："当初父王开天辟地，叫你管九霄，叫二哥管九州，叫我育出百花给你点缀天庭，为二哥的江山添秀。如今，我已把百花育出，哥哥可不可以助我一臂之力，把这些百花撒向人间？"

玉帝答应了，立即唤来一百名仙女，对她们说："我封你们为百花仙子，受花神管。你们可随意采花，采牡丹的是牡丹仙子，采荷花的是荷花仙子。把你们采来的花撒向人间。"

百花仙子听罢，手托花篮，在花园中穿梭往来，各自采下喜爱的鲜花。片刻工夫，花篮就装满了。然后，她们一手托花篮，一手抓起花，纷纷撒向人间。

天女散花，飘落九州，落地生根。从此，人间有了百花。

中国古代神话
ZHONGGUO GUDAI SHENHUA

天女散花

神医侍司懿

在苗族流传着这样一个故事，一位有名的医生叫侍司懿，为了寻找长生不老的药，他决定上天采药。但等他采药归来，他的妻子儿女和很多村民都已经去世。因此，侍司懿决定再次上天，求学起死回生之药。事情是否如侍司懿所愿呢？

古时候，苗家有个医生名叫侍司懿，他的医术十分高明，什么病都治得好。吃他的药，不光治病，还能延年益寿。那时候的人，都能活到几百岁几千岁。世上没人不知他的能耐，都称他为"神医"。

侍司懿这个人很好学，他有那么高明的医术还不满足。他见天上的玉皇大帝、王母娘娘、太上老君、太白星君这些人，不但不会生病，而且也不会死。他想，天上一定有不病不死的药。

于是，侍司懿决定上天采药！一去三十多天，天上的一日，就是地上的一年。等他回来的时候，他的妻子儿女和很多村民早就死了。怎么死的？得瘟疫死的。还活着的人枯瘦如柴，也快要死了，他救活了这些人。对早已死去的妻子儿女和别的人，那就没法救了。因为他们的筋肉和内脏已经没有了，只剩下骨架。

侍司懿仰天叹道："唉！原来医生医生，只能医活着的人，不能医死了的人，这算什么本事啊！"

侍司懿知道太上老君有起死回生之药，连枯骨都能救活，就又上天去求他传授。太上老君启奏玉皇大帝和王母娘娘，玉皇大帝和王母娘娘不准传授，还说："世间的人都要死的，假如都像我们这样，永生不死，地上住不下了，他们打上天来怎么办？"

太上老君听了，就出了个坏主意，又启奏道："为保天上永世平安，这个侍司懿，就不要再放回人间了。"玉皇大帝和王母娘娘不解。太上老君说："他第一次上天，向我学了不死之术；这次他来，要我传回生之方。如让他回去，世上的人不就同我们一个样了吗？他们只生不死，总有一天要打上天来的。"

玉皇大帝和王母娘娘听了，大惊失色，忙问道："那怎么办？得找个理由把他扣下来才好！"

太上老君笑道："这个容易，还叫他怨不得谁哩！"

他回到殿里，对侍司懿说："你不是来要起死回生的药吗？"

侍司懿高兴地说："是呀！老君，请传给我吧，好回去救死了的人啊！"

太上老君说："药就在月亮上的那棵檀香树里头。"

"怎么才能拿到呢？"

"把树砍了就能得到。"

侍司懿便去月亮里砍檀香树。谁知斧砍下去，提起来时，檀香树砍开的口子又长合了。他从早砍到晚，连树皮都没砍下一片。他去问太上老君："这是为什么？"

太上老君说："这就是起死回生嘛！你砍了它一刀，砍掉的地方就又复生了。"

"怎么才砍得倒呢？"

中国古代神话

ZHONGGUO GUDAI SHENHUA

"你砍一斧子，用颈子去比一下，又砍一斧，再比一下。这样，砍了的地方就不会长合了。"

侍司懿便照太上老君的去做，果然砍了以后，口子不见长合了，他就砍一下比一下地干下去。谁知砍到一半，看到树心的时候，侍司懿刚用颈子去比，口子忽然长合了，将他的颈子也卡住啦！

从此，神医侍司懿就被卡在月亮里的檀香树树干上了。不信，有大月亮的晚上你看吧，檀香树树干上卡着个人，那便是神医侍司懿！你看，他还在挣扎呢。要等他摆脱了，人间才有长生不老和起死回生的药。

哪吒闹海

传说李靖的夫人生下一个肉蛋，李靖一剑劈开后蹦出一个胖娃娃。小胖娃被白胡子老道收为徒弟，取名"哪吒"，并赠予乾坤圈和混天绫。哪吒七岁时不慎打死了龙王三太子。龙王得知此讯，勃然大怒，欲降罪于哪吒的父亲。哪吒为了父母和全城百姓安危，自杀谢罪。

在玉皇大帝的手下，有一位天将叫"托塔李天王"，他叫李靖，没成仙的时候，他是东海边上一位镇守边疆的大将军。

有一年，李靖的夫人生了一个小孩。可当李靖进了夫人的房间后，却见夫人眼睛直愣愣地看着床前的一个木盆。李靖低头看了看木盆，里边是个大肉球。

李靖看见这么个怪东西，便从腰间抽出宝剑一下子将肉球劈成了两半，没想到一个胖娃娃从里面蹦出来了。

就在这个时候，一个白胡子老道推门进屋了。他哈哈大笑，说要收小胖娃为徒，并给他取名叫"哪吒"。临走时，老道从怀里掏出一个镯子——乾坤圈、一块手帕——混天绫送给了小徒弟。

转眼间，哪吒已经七岁了。

一个夏日，哪吒戴着那个乾坤圈镯子，拿着混天绫手帕，来到海边玩耍。他手中甩着混天绫，可是，他这么一甩，海底下的龙宫也东摇西晃起来，龙王三太子就带着一大群虾兵蟹将出来看看发生了什么事。龙王三太子一到海面，看见有人在捣乱，就举起枪向对方刺去。哪吒也立即迎战，没想到三两下就把龙王三太子打死了，吓得那些虾兵蟹将全都钻到海里去了。

东海龙王听说三太子被打死了，就请来了西海、南海、北海的龙王去找李靖算账。那天天刚亮，就狂风大作，电闪雷鸣，接着大雨就铺天盖地下起来了。四位龙王和许多虾兵蟹将正站在云彩里，大喊着让李靖出来受死。

小哪吒知道自己惹了祸，就大声地对龙王说："打死你儿子的是我，这跟我父母和本城的老百姓一点关系也没有，你要报仇就找我吧！我可以死，但是你得放了我父母和城里的百姓！"

龙王见小哪吒倒是有几分魄力，就爽快地答应了。

哪吒毅然从他父亲腰上抽出宝剑，往脖子上一抹，便倒在地上死了。

龙王一看哪吒死了，把手里的旗子一挥，便率领兵将回宫了。

就在李靖夫妇伤心的时候，哪吒的师父骑着白鹤从天而降，他抱起哪吒的尸体，往自己的仙山上去了。

到了那里，他从荷花池里摘来几朵荷花、几片荷叶、几节嫩藕，按照哪吒的身形摆好。然后将拂尘一甩，哪吒身上的荷花、荷叶、嫩藕全没了，哪吒揉揉眼睛，看见了师父，连忙跪下行礼。

从此以后，哪吒便跟随师父在山上学习本领。最后，像父亲一样，哪吒也在玉皇大帝身边当了一员大将。

中国古代神话
ZHONGGUO GUDAI SHENHUA

哪吒闹海

中国古代神话
ZHONGGUO GUDAI SHENHUA

宁封制陶的故事

宁封对工作尽职尽责，夜以继日地协调各部落的陶器生产，呕心沥血地钻研制陶技术。这天，做梦梦见各地人们送给他很多陶瓷，醒来后他灵机一动，想看看各族部落的陶瓷，汲取经验。那么，宁封最后的陶瓷制得怎么样呢？

　　黄帝的时候，有个名叫宁封的人，他母亲是个捏陶泥坯的，宁封三岁时就跟着母亲去窑场。他最爱学着母亲的样儿捏出各种各样的盆盆罐罐。母亲看他聪明好学，就教会了他捏制各种陶坯的手艺。

　　年复一年，斗转星移。宁封长大成人了，部落里就派他专门从事烧陶。

　　宁封受母亲的感染，对工作很负责，他专心专意地捏呀烧呀，可是烧出的陶器总觉得不满意，不是粗糙笨拙，就是形体不正。宁封说他对不起部落的人们，每天除了上窑场工作，就躲进自己的泥屋里，不跟外人接触，连妻子问他，他都不理。他就这么闷闷不乐地待在屋里，每天都是妻子把部落分配的饭食用陶钵给他端回来吃。宁封吃着，想着，食不知味。妻子看他一心扑在制陶上，累得人又瘦又黑，吃过饭就叫他躺在草席上歇一会儿。

　　说来也怪，往日里宁封根本睡不着，今天身子一倒，就呼噜呼噜地进入了梦乡。他梦见自己的脚踩着五色的彩云，去了一万个国家，各处的人们送给他很多很多的陶器，那些陶器可好看了，样式别致，有尖底的，有圆的，有方的，还有带盖的，并且画了彩色的花纹和各种各样的图案，简直使人眼花缭乱，只当到了天宫。

宁封高兴地笑了，笑出了声，也笑醒了。他连忙把自己的梦告诉了妻子。

妻子也兴奋地说："好呀，你还不如到外面转转，多看一看别的部落的陶器，或许就能制好了。"

宁封正有此意，听了妻子的话，就赶紧收拾行囊。部落首领知道了他的打算，送给他一匹马，宁封骑着马就出发了。

宁封一去两年。妻子盼呀盼的，总算把他盼回来了。他拉回来一车陶器，整天钻在这些陶器堆里，观看呀比较呀，描呀画呀，又取来砂泥盘一盘、捏一捏，没头没尾的。

这一天，天还没亮，他就叫醒妻子，两个人摸黑来到窑场和砂泥。泥一和好，宁封就坐在草席上盘陶坯。他一会儿盘一会儿捏，妻子端来饭也没吃。太阳都直射头顶了，他还在干着。

妻子嗔怪地给他戴了一顶竹篱，又端详着男人捏的一大堆陶坯，高兴地说："好呀，真好呀！"

宁封逗趣地说了一句："比我梦见的还好看哩！"

一个一个的坯子制成了，放在草棚下阴干。快干的时候，妻子就蹬动转轮，宁封拿着陶坯在转轮上磨。磨光后，宁封又和妻子用赭石在坯子上画上图案。他们不再重复画过去简单的图形和直线条。

宁封的妻子心灵手巧，天上飞过一只小鸟，啁啾地一叫唤，她就几笔画出一个飞动的小鸟；地上跑过一只梅花鹿，也没跑出她的手，让它静站在陶盆的壁上。她想起了男人们捕鱼的渔网和捕回的鲤鱼，就也画在陶盆上。快到收获季节了，想象收获后全部落的人们在广场的欢庆场面，她就在陶钵上画了一圈手拉手舞蹈的人，有男有女，活泼热烈，连宁封都称赞她画得好。

后来他们又画出一套变形的图案，好像不太像，却很传神，也有生活情趣。他们还在陶罐上用指甲捏出棱形排列的指甲纹，拿绳子印出一排排的斜纹，有时也给陶罐做几圈的堆纹、蛇纹。

最有意思的是罐盖的把手，他们把盖把捏成各种动物的形象，鸟头上刺着锥纹，小兽顽皮地站立着。

一天天的辛苦，几年的心血，宁封终于制出了非常美观的陶器。这些既好看又实用的陶器，不光本部落的人喜爱，交换到外部落，也很受欢迎。

部落首领把宁封制的陶罐献给了黄帝。黄帝看到这样浑圆而又精致的陶罐，仔细地欣赏着上面的彩色图案，连声说："好，好！天下竟有这样的人才！"立即派人把宁封请到中宫。黄帝详细地询问了陶罐的制作情况，就委派宁封为陶正，专门管理全国的制陶。

中国古代神话
ZHONGGUO GUDAI SHENHUA

宁封制陶的故事

风后和他的指南车

风后是上古时代中国神话传说中黄帝的臣子，风后一职，主司天文传于民间，预测风雨。我们都知道，指南针是中国的四大发明之一，那么，指南针的前身——指南车，是谁第一个发明的呢？

指南针的前身——指南车，是谁第一个发明的？这得从五千年前黄帝战蚩尤时说起。传说黄帝和蚩尤作战三年，共打过三次大仗。阪泉之战，涿鹿之攻，冀州之破，最后才打败了蚩尤。

在冀州大战中，蚩尤快要失利，请来风伯、雨师，呼风唤雨，给黄帝的军队造成了前进困难。黄帝也赶忙请来天上一位名叫"旱魃"的女神，施展法术，制住了风雨，军队才继续前进。

不料，蚩尤诡计多端，又施展出大雾，霎时大雾弥天遮野，使军队迷失了前进的方向。黄帝十分着急，他马上召集来风后、力牧、常先、大鸿等大臣，商量如何办。

风后连忙告诉黄帝："臣听伯高说过，他在采石炼铜的过程中，发现一种磁石，能吸住铁，我们能不能根据这个原理，制造一件会指定方向的东西，这样就不怕迷路了。"

黄帝连声说："有理！有理！就请各位大臣献计献策吧。"

在风后的设想下，几位大臣研究了几天几夜，终于制造出一个能辨认方向的东西。风后把它安装在一辆战车上，车上又装了一个假人，伸手指着南方。风后告诉所有打仗的军队和士兵，一旦被大雾迷住，就看指南车上站着的假人指着什么方向，马上可辨认出东南西北来。

黄帝的军队由于有了指南车，再也不怕蚩尤的大雾了。他们人人勇敢作战，个个争先恐后，终于打败了蚩尤的军队，并把蚩尤追到涿鹿杀死。黄帝打通了扩展到中原的道路，便控制了黄河中游一带。

风后因年迈体弱，疾病缠身，不久就死去了。

黄帝和众臣都很难过，为了不忘他的功德，黄帝亲自选了一块坟地，把风后埋在黄河北岸东南角的赵村。

后人为了纪念风后的功绩，就把赵村改名为"风陵"，意思是风后的陵墓。

中国古代神话 ZHONGGUO GUDAI SHENHUA

风后和他的指南车

伏羲结网捕鱼

伏羲成为万民之王，他一心想要为天下黎民谋福利。当时的人们没有稳定的食物来源，伏羲对这种情况很焦心。一天，他在河边散步的时候，发现了河中的鱼，便尝试着捉鱼吃，设想到，鱼的味道不错，于是大家都将鱼列进食谱，开始捕鱼吃。但是不久之后，龙王跑来对伏羲说，不准他们再捕鱼……

伏羲长大后当了东方的天帝。那时候，人们都是靠打猎和采集野果为生，没有稳定的食物来源。

伏羲看到这个情况，心里很难过。他想，这样下去总不是办法。他左思右想，想了三天三夜，都没有想出一个可以解决人们吃饭问题的办法来。到了第四天，他走到河边，一边散步，一边继续想着。

走着走着，他不经意抬头一看，忽然看见一条又大又肥的鱼从水面上跳起来，跳得很高。一会儿，又有一条鱼跳起来；再隔一会儿，又是一条。这一下子就引起了伏羲的注意。他想：这些鱼又大又肥，弄来吃不是很好吗？他打定主意，就下河去抓鱼，没费多大功夫，就捉到一条又肥又大的鱼。伏羲把鱼拿回家去。

其他人看见伏羲捉来了鱼，都欢欢喜喜地跑来问长问短。伏羲把鱼分给他们吃，大家吃了，都觉得鱼的味道不错。伏羲对他们说："既然鱼好吃，以后我们就动手捉鱼，好帮补帮补生活。"大家当然赞成，就都跑到河里去捉鱼。捉了一个下午，每个人都捉到了鱼。这下子大家都十分欢喜，把鱼拿回去美美地吃了一顿。伏羲又打发人给住在别的地方的人送信，告诉他们捉鱼来吃。这样，没过两天，几乎所有人都知道捉鱼吃了。

然而好景不长，一天，龙王带了乌龟丞相跑来干涉，他恶声恶气地对伏羲说："谁让你们来捉鱼的？你们这么多人是要把我的子民都捉完吗？赶紧给我停下来！"伏羲没被龙王的话吓倒，他理直气壮地反问龙王："你不准我们捉鱼，那我们吃什么？"

龙王气冲冲地说："你们吃什么，关我什么事！反正就是不准你们捉鱼。"伏羲说："好，不准捉，我们不捉，以后没吃的我们就喝水，把河水喝得干干的，让你们水族都干死！"龙王本来是个欺软怕硬的家伙，听伏羲这么一说，心里果然害怕了。他怕伏羲和他的族人真来把水喝干，自己的命就难保了。但让他们捉吧，龙王又实在咽不下这口气……

正在进退两难之际，乌龟丞相凑到龙王耳朵边，悄悄向龙王说："您看，这些人都是用手捉鱼的，咱们就和他们定个规矩：只要他们不喝干河水，就让他们捉鱼，但是不许用手捉。他们不用手就捉不到鱼。这下子既保下了子民，又保住了龙君您的性命，让他们看着河水干瞪眼，该多好哇！"

龙王一听这话，高兴得哈哈大笑，于是对伏羲说："只要你们不把水喝干，你们要捉鱼就来捉吧，可是得遵守一个规矩——不能用手捉。你们若是答应，就算是说定了，以后双方都不准反悔！"伏羲想了想，说："好吧。"

龙王以为伏羲上当了，便带着乌龟丞相高高兴兴地回去了。伏羲也带着族人回去了。

伏羲回去以后，就一直思索不用手捉鱼的办法。想了一个通宵，第二天又想了一个上午，伏羲还是没有想出办法来。到了下午，他躺在树荫底下，

眼望着天，还是没有想出办法来。这时候，他看见两根树枝中间，有个蜘蛛在结网：左一道线，右一道线，一会儿就把一个圆圆的网结好了。蜘蛛把网结好就跑到角落里躲了起来。过了一会儿，那些远远飞来的蚊子呀，苍蝇啊，都被蜘蛛网给网住了。蜘蛛这才从角落里爬出来，饱餐一顿。伏羲看见蜘蛛结网，突然开了窍。他跑到山上找了一些葛藤来当绳子，像蜘蛛结网那样，把它们编成了一张粗糙的网，然后又砍了两根木棍，将其呈十字形绑到网上，又拿来一根长棍绑到中间，网就做好了。

他把网拿到河边往河里一放，手握长棍在岸边静静地等候着。隔了一会儿，他把网往上一拉，哎呀，网里净是些欢蹦乱跳的鱼！这个办法比起用手捉鱼不但捉得多，而且人还不用下水了。伏羲就把结网的方法教给了其他人。

从此以后，人们就都用网来捕鱼了。

共工怒触不周山

共工，又称共工氏，是中国古代神话中的水神。传说共工素来与颛顼不合，两人发生惊天动地的大战，最后以共工失败而愤怒地撞上不周山而告终。

女娲创造了人类以后，许多年来，世界一直平平静静，人们过着幸福快乐的日子。但是有一天，大地上发生了可怕的战争。交战的一方是天帝颛顼，他是黄帝的后裔；另外一方是水神共工，他是炎帝的后裔。水神共工长着人的脸和蛇的身子，披散着头发，性情暴烈，统治着占大地百分之七十的水域。

共工不甘心被颛顼统治，想夺天帝的宝座。共工手下有两员大将：一个叫浮游，一个叫相柳。相柳长相怪异，也是人脸蛇身，他遍身青色，还长着九个脑袋，这些脑袋可以同时吃东西。共工还有个儿子，虽然本事不大，却有着同共工一样的野心。

共工和部下经过秘密商议后，就率领大军浩浩荡荡地向颛顼发起了突然进攻。颛顼对共工的野心早就有所察觉，已经做好了迎战的一切准备。这场战争，从一开始就十分激烈、残酷，双方都投入了全部兵力。他们从天上打

到地下，又打到西方的不周山下。

共工掀起狂涛巨浪，企图用水的力量打败颛顼。颛顼则喷出神火还击共工。经过一番惊天动地的争斗，共工被打败了。共工手下那个长着九个脑袋的相柳被当场烧死。浮游也被烧得焦头烂额，最后拼死冲出火圈，忍着疼痛逃到淮水边，一头扎进水里，但还是因为伤势过重死了。他死后还不甘心，又化成一头红色的熊为害人间，春秋时代还跑到晋平公的屋里，把晋平公吓得生了一场大病。

共工的儿子本事不大，开战后不久，就被乱刀砍死了。后来他化成了疫鬼，常常在人间捣乱。这疫鬼常在冬天出现，又怕赤豆，人们为了防范他，就在冬至这天煮赤豆饭来驱邪。疫鬼一见赤豆饭就会远远地跑开。

随着战争的进一步发展，共工手下大部分人马死的死，伤的伤，已经没有办法再支撑下去了。一向高傲自大、不可一世的共工，一怒之下，一头撞向不周山。只听见"轰隆隆"一阵巨响，不周山被撞成了两截，坍塌下来。

不周山一倒，整个宇宙立刻发生了很大的变化。原来这不周山是西北方撑天的一根柱子，撑天柱一倒，西北方的苍天失去了支撑，便倾斜下来，天空中的太阳、月亮、星星站不住脚，都纷纷向西边滑动。

不周山的倒塌还引起了强烈的地震，使得大地的东南部分陷落下去。从此以后，江河里的水总是日夜不息地向东南流去，汇聚成我们今天所见到的海洋。这时的宇宙，虽然女娲时代那种宁静平和的气氛被打破了，但是颛顼时代那种死气沉沉的气氛也被改变了。从此，日月星辰从东方升起，在西方落下，每天如此；季节分成春、夏、秋、冬四季，按照次序循环；大江大河里的水都一路向东南流去，大海汇集各种水流而逐渐变成今天这样宽广浩荡的样子……整个世界变得越来越多姿多彩。

那座被共工撞断的不周山，原来并不叫"不周山"，只是因为被共工撞得坍塌了，才被叫作"不周山"，意思就是"不周全的山"。

吕洞宾得剑

在人们心目中，吕洞宾是八仙中最有人情味的神仙。这则故事讲的就是吕洞宾和妻子香玉之间的事情，吕洞宾听信老和尚的谗言，害死妻子，追悔莫及。妻子死后变成一把蛇剑，陪伴在吕洞宾身边保护他。

吕洞宾年轻的时候，父母都去世了，他无依无靠，住在青龙山下，日夜攻读诗文，以期取得功名。

一天傍晚，他正在小河边散步，忽然从树林里传来悲凄的哭声，他感到很奇怪：这深山荒岭，是谁在此哭泣呢？于是，他循声找去，看见一个穿着绿衣服的青年女子正掩面哭泣，就问道："小姐，你如此伤心，不知是为什么？"

那女子低声说道："公子，小女子名叫香玉，家在钱塘。因为爹爹贪财，要把我嫁给一个年老的大官为妾，我不愿服从，所以逃到这里。可我举目无亲，又能往哪里去呢？"说完，又哭了起来。

吕洞宾听了，很同情她，便说道："我本应请小姐到我家里暂时住下，但家里就我一个人，我们孤男寡女单独相处，有很多不方便的地方。这儿有几两银子，我都给你，你还是走出深山，找一个妥当的住处吧。"

不料，香玉听后，哭得更伤心了。吕洞宾一想："对呀，这里离村镇较远，山路崎岖，还时有猛兽出没，万一半路上有个好歹，这年轻女子怎么应付得了？"他又想了想，说道："现在已经很晚了，如果不嫌弃的话，请小姐到我家里住一晚，然后再想办法吧。"香玉这才停止哭泣，连连道谢。

吕洞宾把她领到家中，给她做了一顿饭，然后让她在床上睡下了，他自己则抱了捆茅草往地上一铺，睡在屋子外面。开始他感到很冷，不久便觉得身子暖和起来，于是沉沉地睡去了。

天亮后，吕洞宾睁开眼一看，自己身上盖着厚厚的被子，灶锅冒着一股股热气，早饭已做好了。那女子正坐在门口，穿针引线，补着他的衣服。香玉见吕洞宾醒了，连忙给他端水送饭，殷勤地服待他。吕洞宾本来想一早叫她离开，现在却不知怎的，竟说不出那句话了。香玉似乎也没有要离开的意思，她熟练地替吕洞宾整理屋子，清洗衣物。恰巧，天上渐渐沥沥地下起了雨，香玉也就顺理成章地住下不走了。

雨一直下了半个多月，两人也互相熟悉了，渐渐产生了感情。后来，他俩选了个好日子就结婚了。婚后两人相处得更为和睦，感情特别好。

半年过去了，一天，吕洞宾在买菜回家的路上，路过一座古庙，有个老和尚拦住他说："施主，你脸上怎么有股妖气呀？"

吕洞宾大吃一惊，回答道："别瞎说，我哪里来的妖气？"

老和尚掐指一算，惊叫道："你家娘子她不是人，而是一条修炼千年的蛇精！过不了多久，你就会被她吃掉的！"

吕洞宾哪里肯相信，转身就走。老和尚追上来说："你若不相信，可以用我的办法试试。明早五更，她还在睡觉的时候，肯定会有一颗红色的珠子从她口中出来，你把它抢过来吞进肚里，到时候就知道真相了！"

吕洞宾将信将疑地回到家里，香玉仍然像以往一样，给他端水送饭。晚上，香玉早已睡去，他却怎么也睡不着，暗暗观察着动静，五更时，果然看见香玉张开口，吐出一颗红珠。吕洞宾把红珠一把抢过来吞进了肚里。香玉全身一颤，猛地惊醒过来，发现红珠不见了踪影，吕洞宾却身透红光，呆愣愣地坐在那里。她明白了，泪汪汪地哭着说道："我与你前世无怨，今世有缘，你为何害我？"吕洞宾不敢隐瞒，结结巴巴地说出了原因。

香玉长叹一声，说道："我虽然是蛇精，但没有害你之心哪！要不然我早就把你吞掉了。"

吕洞宾一想，自己的确太莽撞了，不觉有点儿懊悔，忙问："娘子，有什么解救的办法吗？"

"有是有，"香玉迟疑着，缓缓说道，"只有将你杀死，剖腹开膛，挖出红珠，才可以保住我的性命。"

"啊？"吕洞宾吓得大叫一声，往后摔去。香玉急忙上前扶住他，劝慰道："你不必惊慌，我与你已是夫妻，决不会伤害你。千怪万怪，怪我没有对你说明白，才让你听信了别人的谗言。"说完，香玉泪如雨下。吕洞宾见她如此贤惠，想起往日夫妻恩情，顿时特别后悔，抱住香玉大哭起来。

"喔喔喔"，鸡叫了，天色微微发亮。香玉面如死灰，在吕洞宾怀里痛苦地挣扎着。吕洞宾紧搂着她，一声声哭叫着："娘子！娘子！"香玉仰着脸，吃力地说："别……别哭，将我安葬在……这儿，四十九天后，你把坟掘开，我们夫妻还可……团聚……"话未说完，太阳升起来了，她就咽气了。

吕洞宾赶忙为香玉造了一座坟。他日日夜夜守护在坟前，对妻子忏悔自己的过失，诉说相思之情，希望香玉按时复生。就这样，吕洞宾哭哇、等啊，但由于思念过度，他竟将四十八天算成四十九天，就匆匆把坟掘开了。

啊？坟墓里躺着的不是他日思夜想的妻子，而是一把寒光闪闪的青色宝剑！吕洞宾大惊失色，掐着手指仔细一算，知道日子搞错了，心爱的妻子再也不能复生了。他心如刀绞，紧紧抱着宝剑，泪如泉涌。说也奇怪，那宝剑一贴近吕洞宾的身子，就变得如绸缎般柔软，缠住他不放。一离开他的身子，宝剑就变得极其坚韧，锋利无比。吕洞宾发誓不再娶妻，他把剑背在身上，一刻也不离身。

后来，吕洞宾修炼成了仙人，那宝剑就帮他除妖斩魔，时时保护他的安全。再后来，人们都叫这剑为"蛇剑"。

女娲补天

水神共工撞倒了西方的世界支柱不周山，导致天塌陷，天河之水注入人间。女娲不忍人类受灾，于是炼出五色石补好天空，折神鳖之足撑四极，平洪水杀猛兽，人类得以安居。

女娲创造了人类之后，许多年来平静无事，人类一直过着快乐幸福的日子。直到水神共工闯出了天大的祸事。

你说是什么祸事？原来那不周山，本是矗立在西北方的一根撑天的柱子，经共工这么一碰，撑天的柱子给他碰断了，大地的一角也给他碰损坏了，世界因此发生了一场可怕的大灾难。

看呀，半边天空坍塌下来，天上露出些丑陋的大窟窿，地面上也破裂成了纵一道横一道的黑黝黝的深坑。在这大变动中，山林燃起了炎炎的大火；洪水从地底喷涌出来，波浪滔天，使大地成了海洋。人类已经无法生存下去，同时又遭受到从着火的山林里窜出来的各种恶禽猛兽的残害。我们想想，这日子是多么难过啊！

女娲看见她的孩子们受到这么可怕的大灾难，痛心极了。没法去惩罚那个凶恶的捣乱者，只得又辛辛苦苦地来修补残破的天地。

这项工作真是巨大而又艰难呀！可是慈爱的人类母亲女娲，为了她心爱的孩子们的幸福，一点也不怕艰难和辛苦，勇敢地独自担负起了这个重担。

　　她先在大江大河里拣选了许多五色石子，架起一把火，把这些石子熔炼成胶糊状的液体，再拿这些胶糊状的液体来把苍天上一个个丑陋的窟窿都填补好。仔细看虽然还有点不一样，远看去也就和原来的光景差不多了。

　　她怕补好的天空再坍塌，便又杀了一只大乌龟，斩下它的四只脚，用来竖立在大地的四方，代替天柱。这天柱把人类头顶上的天空像帐篷似的撑起来。柱子很结实，天空再没有坍塌的危险了。

　　那时，中原一带，有一条凶恶的黑龙在为害人民，女娲便去杀了这条黑龙，同时又赶走各种恶禽猛兽，使人类不再受禽兽的残害。

　　剩下来只有洪水的祸患没有平息。女娲便把河边的芦草烧成灰，堆积起来，堙塞住了滔天的洪水。

　　由水神共工惹出的这场灾祸，总算给伟大的女娲一手平息了。她的孩子们终于死里逃生，得到了拯救。

　　这时候，大地上又有了欣欣向荣的气象。春、夏、秋、冬四个季节，依着顺序循环，去而复来；该热就热，该冷就冷，一点也不出乱子。恶禽猛兽死的早已经死了，不死的也渐渐变得性情驯善，可以和人类做朋友了。原野里长满了天然食物，只要花点力气，就可以吃个饱足。人类快乐地生活着，无忧无虑。

ZHONGGUO GUDAI SHENHUA
中国古代神话

女娲补天

爱与美之神——瑶姬

瑶姬是传说中的巫山神女。在民间，流传着许多关于神女峰的动人传说：她美丽善良，帮助巴蜀人民建设家园；她寂寞冷清，总是在黑暗的夜里隐隐地啜泣；她容颜美艳，环佩作响，浑身异香；她因怀念一段往事，从此留在了江边，生生世世，思念无穷无尽……

在神话中，神女有一个好听的名字——瑶姬。瑶者，美玉也。她自幼生活在天上，最爱到天庭的后花园去玩耍。她喜欢那里潺（chán）潺的流水与和煦的微风，总是一整天一整天地待在那里，听着鸟儿悦耳的歌声，闻着花儿淡淡的香气。饿了，有翠绿色的小鸟为她衔来香甜美味的水果和佳肴；渴了，有鲜花绿草为她奉上甘甜可口的露水。那时的瑶姬，活泼开朗，能歌善舞，后花园中总是回响着她银铃般的笑声。

四个女儿中，炎帝（即神农氏）特别喜欢瑶姬，不仅仅因为她有着如花朵般娇艳的美貌和天真无邪的本性，更因为她对别人能够给以无私的关心。她常常因为人间百姓过着艰辛的生活而伤心落泪。

瑶姬渐渐长大了，出落得更加美艳动人。可是，就在她成年的那一年，突然发生了一件不幸的事：她生了一场大病，来势汹汹的病魔很快就将她击倒了。从此，她只能躺在病榻上，显得非常憔悴。渐渐地，瑶姬已经病得站不起来了。

溪流边，没有了瑶姬梳妆的身影，溪流仿佛在呜咽着；微风里，没有了瑶姬灵动的身姿，微风仿佛也在呼唤着。炎帝心急如焚，却也束手无策，自己虽是医药之神，但药能医病，却不能让人起死回生。

不久，瑶姬死了，被安葬在巫山上。瑶姬是神仙，她的灵魂飘到姑瑶山化为芬芳的瑶草。瑶草花色嫩黄，叶子双生，果实似菟丝子。女子若服食了瑶草果，便会变得明艳美丽，惹人喜爱。这瑶草在姑瑶山吸收日月精华，修炼成人形，就是人们一直以来所说的巫山神女——瑶姬。

瑶姬重生之后，已不能重回天宫了。她生性活泼，不肯老老实实地待在姑瑶山上，经常化身成各种形态在人间游走。她深切地关爱着人间的百姓，到处为人们排忧解难，救死扶伤。渐渐地，巫山上有神女的消息就流传开了。人们都很感谢这位美丽善良的女神。

有一年，巴蜀遇到了历史上罕见的洪水。大禹受命治水。他一路凿山通河，来到巫山脚下，准备修渠泄洪，不曾想触怒了一只在巫山上潜修了多年的蛤蟆精。这只蛤蟆精就使用法术阻挠大禹开山。大禹措手不及，被打得人仰马翻，在当地人的指点下，他决定去向巫山神女瑶姬求助。

瑶姬敬佩大禹不求回报但求以利天下的精神，哀怜背井离乡、倾家荡产的灾民，就传授给大禹差神役鬼的法术，并赠给他一本能够防风治水的天书，帮助他制伏了蛤蟆精，止住了狂风。

之后，瑶姬又派遣侍臣将巫山炸开一条峡道，令洪水经巫峡从巴蜀境内流出，涌入大江。饱受洪灾之苦的巴蜀人民终于获救了！神女关爱三峡人民，唯恐长江之水再度泛滥，遂化为神女峰，永驻三峡。

由此，人们对瑶姬更加感激不尽，关于她的传说更是广为流传。

中国古代神话
ZHONGGUO GUDAI SHENHUA

湘妃竹的来历

在烟波浩渺的洞庭湖中，有一座风光秀丽的小岛——君山。君山自古多奇竹，其中最负盛名的当属湘妃竹。湘妃竹又名斑竹，它秀拔莹润，竹竿布满雅丽的紫色斑点，宛如泪痕。关于湘妃竹的来历，有一个凄美的传说。

远古的时候，中华大地上有个英明的国君叫尧，他年老的时候，与众臣讨论继承人的问题，大家都推举舜。为了考验舜，尧就把自己的两个女儿——娥皇和女英嫁给了舜。经过多次考验，尧认为舜是个可靠的人，后来，就把自己的帝位禅让给舜。

舜的确很争气，没有让尧失望，他为人民做了很多好事，特别是命禹疏通了河道，治理了洪水，使人民过上了安定的日子。

舜晚年时，南方九嶷山一带有几个部落发生了战乱。他决定亲自去视察一下，以解除那里的战乱。

舜一向非常尊重两位夫人，就把自己的打算对她们说了。不料娥皇和女英担心他的身体，都不愿意让他独自去九嶷山。女英说："你一个人去，我们不放心，要去我们一起去。"

舜说："九嶷（yí）山那里，山高路险，你们是女人，怎么吃得了那样

中国古代神话

ZHONGGUO GUDAI SHENHUA

的苦！"虽然舜一再劝阻，但两位夫人坚持要跟去。没有办法，在一个夜晚，舜带上几个随从，悄悄地出发了。

几天不见舜回宫，娥皇和女英心中非常着急。舜到什么地方去了？后来，她们找到侍从一问，才知道舜已经动身去九嶷山好几天了。她们惦念夫君，立即收拾行装，命人准备车马，去追赶舜。

追赶了十几天后，她们来到长江边，遇到了大风，无法渡江。有位老渔夫用船把她们送到湘江边的洞庭山，让她们在一座小庙中住了下来。大风一直刮了一个多月，她们上不了路，只好焦急地盼望风早些停。她们登上山顶眺望，心中暗暗祝福舜身体安康，并盼着舜从远方回来。

这两位多情的夫人，迎来日出，送走日落。她们盼哪，盼哪，望眼欲穿，愁肠寸断，但始终没有见到舜回来。

渐渐地，风停了。在一个风平浪静的中午，她们看到从南方漂来一只插有羽毛旗帜的大船，这是宫廷的船。她们急忙跑去迎接。但是，船上的侍从和士兵们一个个愁眉不展，满面哀容，她们立刻猜到发生了不好的事情。

侍从们一边把舜的遗物交给她们，一边说："舜帝驾崩于九嶷山下，已经埋葬在那里了。"娥皇和女英虽然预料到舜可能死了，但是这个消息一旦被证实，她们还是伤心欲绝，当时便哭得昏倒在地。

从此，娥皇和女英每天都要爬上洞庭山顶，遥望九嶷山，抚摩着身边的一株株翠竹，流下伤心的泪水。就这样，日复一日，年复一年，她们的泪水洒遍了青山竹林。那满山的翠竹也与她们一起悲伤，一起流泪，株株翠竹上都沾满了她们悲伤的泪水，擦也擦不掉，留下了永久的斑斑泪痕。

后来，娥皇和女英由于过分思念舜死于湘江。她们死后成了湘水之神，被称为"湘妃"或"湘夫人"。而人们把那些带有泪痕的竹子称为"湘妃竹"。

湘妃竹的来历

图书在版编目（CIP）数据

中国古代神话 / 靳瑞刚编；伍剑评注． -- 武汉：
崇文书局，2019.6（2023.6重印）
（新编小学阅读书系）
ISBN 978-7-5403-5228-8

Ⅰ．①中… Ⅱ．①靳… ②伍… Ⅲ．①神话—作品集
—中国—古代 Ⅳ．① I276.5

中国国家版本馆 CIP 数据核字（2023）第 080651 号

责任编辑：曹　程　付映茇
责任校对：董　颖
责任印制：李佳超

中国古代神话

出版发行：长江出版传媒 ｜ 崇文书局
地　　址：武汉市雄楚大街 268 号 C 座 11 层
电　　话：(027)87677133　　邮政编码：430070
印　　刷：武汉市卓源印务有限公司
开　　本：787mm×1092mm　　1/16
印　　张：13
字　　数：148 千
版　　次：2019 年 6 月第 1 版
印　　次：2023 年 6 月第 7 次印刷
定　　价：34.80 元

（如发现印装质量问题，影响阅读，由本社负责调换）

期待下次
见面！

一起去探寻阅读的世界！

中国古代神话
ZHONGGUO GUDAI
SHENHUA